Jungs, ich habe euch nicht vergessen, noch jeden
gut vor Augen. Egal was war, durch euch hatte
ich das, was Heimat genannt wird.
Ich gedenke derer, die nicht mehr sind -
und grüße, die noch sind.

Sjors

Meinem Enkel Johnny Jason zugeeinet

Sjors van Gustök

Arschlagen

Romanerzählung

tredition

© 2021 Sjors van Gustök
Umschlag, Illustration: Sjors van Gustök

Druck und Distribution im Auftrag
von Sjors van Gustök:
tredition GmbH, Halenreie 40-44, 22359 Hamburg, Deutschland

ISBN
Paperback   ISBN 978-3-347-50086-0
Hardcover   ISBN 978-3-347-50087-7
e-Book   ISBN 978-3-347-50088-4
Grossschrift ISBN 978-3-347-53972-3

Das Werk, einschließlich seiner Teile, ist urheberrechtlich geschützt. Für die Inhalte ist der Autor Sjors van Gustök verantwortlich. Jede Verwertung ist ohne seine Zustimmung unzulässig. Die Publikation und Verbreitung erfolgen im Auftrag des Autors, zu erreichen unter: tredition GmbH, Abteilung "Impressumservice", Halenreie 40-44, 22359 Hamburg, Deutschland.

Inhaltsverzeichnis

1. Kapitel: Aus der einen Ecke 7
2. Kapitel: Aus der anderen Ecke 57
3. Kapitel: Das Unternehmen 88
4. Kapitel: Auf dem Block 113
Glossar 152

Vorwort

Diese kleine Erzählung hat mich in Corona-Zeiten abgelenkt. Ich habe Ausdrücke verwendet, die teilweise die Sprache auf meiner Straße wiedergeben, woran ich mich gerne erinnere – obwohl es hin und wieder grausam war. Rückblickend möchte ich jedoch nicht ein Wort davon missen. Für diejenigen, die ein Wort, einen Begriff nicht verstehen oder dessen Sinn nicht erkennen, ist als Appendix eine klärende, alphabetisch sortierte Übersicht gegeben.

Sie lesen in ARSCHLAGEN viel von dem, was anfänglich zum Schmunzeln einlädt, also: nur zu! Sie lesen aber auch viel von dem, womit Empathie zu proben ist.

In der Story könnten Mitglieder einer Gang oder einer Clique gemeint und angesprochen sein. Besser ist es, einfach von Eckenstehern zu sprechen. Das kommt am ehesten hin.

Ähnlichkeiten mit lebenden oder verstorbenen Personen wären rein zufällig.

Vielleicht können Sie beim Lesen genießen und es gelingt mir, dass Sie dabei sind.

gez. Sjors van Gustök

1. Kapitel: Aus der einen Ecke

"Von welche Ecke kümpt de oder de wech?", hieß es, wenn jemand aus den anderen Stadtteilen oder eines noch näher bezeichneten anderen Bezirks mehr oder weniger auffällig auftauchte. Die vom Ehreichenplatz waren eben dort zu finden. An Wochenenden immer. An Werktagen schon ab mittags, spätestens ab Feierabend oder zur beginnenden Nacht. Sicherlich konnten sie sich nicht alle von zu Hause so abseilen wie sie wollten, aber mehrheitlich gelang das regelmäßig und es gab ja auch noch den Ausstieg durch die Zimmerfenster oder durch die Hinter- und Kellertüren.

Es war schon besonders, wenn sich einzelne über die Grenze ihres vertrauten Viertels oder Stadtteils hinweg bewegt haben. Sie mussten erzählen. Eben alles. Gab es nichts Spannendes, gab es ja noch das Flunkern, das Lügen. Manchmal waren auch alle Mann außerhalb und dann gab es nichts zu spinnen, denn jeder war ja dabei und es war ja dann auch ohnehin stets spannend. Es passierte schon was. Immer. Schließlich waren sie unterwegs, um was anzurichten und es hielt sich die Waage, ob die Absichten ihrer Streifzüge von Sinn oder Unsinn geprägt waren. Aber ohne Risiko lief nichts. Übrigens: Mädchen spielten eine untergeordnete Rolle. Diese waren denen zu häuslich, zu sauber, zu anständig. Eifersüchteleien unter den Jungs gab es wegen diesem oder jenem Mädchen schon. Doch mehr kam es zu penetranten Eifersüchteleien, wurde einer vom Ehreichenplatz von einem vom Ehreichenplatz gesehen, wenn er mit anderen, die nicht vom Ehreichenplatz waren, einfach nur sprach. Etwa mit Leuten vom Weberbusch oder vom Kehrkamp oder vom Knechtebrink oder von den Kalkbrüchen. Das Ereignis machte die Runde und das Tribunal wurde aktiv. Es begannen nahezu Verhöre. Das dauerte an, bis die Neugierde befriedigt war oder einmütig festgestellt wurde, dass der Kontakt nicht bedeutend, also harmlos war. Ihre Welt war der gelbe Briefkasten gleich neben der Gaslaterne an der Ecke eines großen Bahnhauses, eines von zweien. Alle Briefkästen der Post waren gelb. Verabredet wurde sich aber ausdrücklich und niemals anders: Am gelben Briefkasten. Im Gegensatz zu den anderen Briefkästen der Stadt war die gelbe Metalllackierung dieses Anlaufpunktes an manchen Stellen porös und auch teilweise völlig abgeplatzt. Schließlich hatte der Kasten ja was mitgemacht. Donnernde Faustschläge vieler schmutziger Hände musste der aushalten, ausgedrückte Kippen und die vielen kleinen eingekratzten Botschaften. Wer dran war, versenkte sein Gesicht in die rechte Armbeuge und lehnte sich gegen den Kasten. Mit dem linken Arm stützte er sich am Laternenpfahl ab. Die ausgeprägten gusseisernen Verzierungen des Pfahls schmeichelten der Hand. Es konnten kleine Figuren oder Symbole erraten werden. Diese waren aber nichts weiter als Ornamente.

„Ich zähle nur bis zehn, dann will ich keinen seh'n, vor mir und neben mir und an beiden Seiten „*gildet*" nicht", lautete der Vers.

Vor mir? Ging gar nicht. Da war ja der Kasten am Haus. Neben mir und an beiden Seiten war auch nur eingeschränkt möglich. Links war ja der Laternenpfahl. Es war aber nicht der Mühe wert, beim Versteckspiel den Spruch zu überdenken oder gar zu korrigieren. Versteckspiel ein Kinderkram? Mitnichten. Einer fuhr schon mit einem Auto vor, viele mit einer Zündapp, Motor fünfzig Kubikzentimeter Hubraum. Vom Briefkasten aus, von der Ecke aus, konnte der gesamte Ehreichenplatz eingesehen werden. Zwischen den großzügig verteilten Eichen auf dem Platz sprang die Bahnschranke ins Auge und das noch kleine Stück der vertrauten Wallgrundstraße, die dahin führte. Ganz rechts begrenzte die Ecke des zweiten Bahnhauses das Panorama. Links am Laternenpfahl vorbei war das große Haus des Hutmachers Plauger zu sehen, der in der Gegend den ersten großen Mercedes hatte und auch schon einen großen Laden in Stadtmitte eröffnen konnte. Das Versteckspiel war in der dunklen Jahreszeit angesagt. Dann, wenn die Laterne brannte. Es musste dazu stets gewartet werden, bis der Stadtbedienstete mit seinem Motorroller vorbei kam und die lange Stange mit dem Haken dran aus dem in einem speziell am Fahrzeug angebrachten Köcher zog. Damit hatte er die noch vorhandenen Gaslaternen der Stadt an dem Ring an einer kleinen Kette in Betrieb zu setzen. Manchmal kam er unnötig. Dann, wenn Jonni mit einer langen Bohnenstange den Job schon gemacht hatte. Das war nicht selten schon mittags. Dem Stadtbediensteten war dann stets anzusehen, dass er grübelte. Er fühlte sich wohl schuldig vergessen zu haben, diese Laterne bei Anbruch des Tageslichtes wieder auszuschalten. Das gehörte nämlich auch zu seinen Aufgaben. Eine automatische Schaltung gab es für solche Laternen nämlich nicht.

Jonni kam aus der Jessefamilie. Die wohnten im ersten Bahnhaus, ganz unten rechts. In den fünfstöckigen Bahnhäusern wohnten ausschließlich Bedienstete der Deutschen Bundesbahn, daher die allseitig bekannte Bezeichnung Bahnhäuser. Jonni galt als Rüpel, Bunke und Klauhans. Wenn in der nicht weit entfernt gelegenen Mariahilfkirche die Glocken mitten in der Nacht oder mitten in der Woche am Tag grundlos langanhaltend läuteten, war das auf Jonni zurückzuführen. Die warnende *Bimmel* der Bahnschranke, wenn sie runter- oder hochgekurbelt wurde, war das zweite Instrument in dem Konzert. Das dritte Instrument war dazu das mehrstimmig einsetzende Hundegebell und bisweilen auch Hundejaulen, bedingt durch eben empfindliche Ohren. Lag Schnee, war die Illusion von Wolfsrudeln in eisigen sibirischen Wäldern perfekt. Jonni hatte stoßweise ordentlich Geld in der Tasche. Er wusste, wo der leicht zu erreichende Schlüssel zu der Wohnung seiner Tante im anderen Stadtteil auf dem Balkon in einem Blumenkasten versteckt war. Diese Tante sammelte das Hartgeld ab *Fuchs* aufwärts in einer Kaffeekanne im oberen Regal des Küchenschrankes. Daraus bediente er sich, wenn er von der Abwesenheit der Tante ausgehen konnte. Von dem Geld kaufte er sich seine Pannenkacker, die nicht billig waren. Meistens Brieftauben als Pärchen, wovon er sich viel Küken versprach.

„Der Alte kann wohl nicht oder die Alte will wohl nicht brüten!", meckerte er im Taubenschlag oben im Dachgeschoss eines Anbaus des Bahnhauses. „Wenn da nichts kommt, reiß ich denen den Kopp ab!", gab er gnadenlos von sich. Klar, eines Tages musste auch Schluss mit dem Geldsegen sein. Der Schlüssel lag nicht mehr an der gleichen Stelle. Die Tante bemerkte, wenn auch nach sehr langer Zeit, weil es eine große Kaffeekanne war, dass mit ihrem Sparvorrat etwas nicht stimmte. Sie hatte konkret ihren Neffen Jonni, in Verdacht. Mangels Beweis lief aber ihre Anzeige bei der Polizei ins Leere und die Eltern von Jonni waren es ohnehin leid, den Anschuldigungen gegen ihr schwarzes Schaf nachzugehen. Sie hatten kraftlos aufgegeben. Es gab zu viele davon. *Sapi Enne*, auch *Satan Enne* bemerkte der Unschuldige dann immer. „Sie verfolgen mich wieder." Es waren dann die Tschakos gemeint, die ihm Unrecht antun wollten. Selbst dann, wenn er verkehrt herum auf dem hinteren Sitz eines wieder einmal von ihm und Hanno englisch ausgeliehenem zweisitzigen Mopeds mit Grimassen und dem Zeigen der langen Nase in Richtung des mit Martinshorn und Blaulicht verfolgenden Polizeikäfers die Wallgrundstraße herunter raste und den Kumpels am Rande ein einmaliges Schauspiel bot. Hanno, der gerne die praktische

Anwendung von Parisern übte, trug eine Brille, wenn es sich nicht vermeiden ließ. Zum Beispiel beim Fahren mit einem Moped. Schließlich hatte die Brille die notwendigen stärksten optischen Gläser, die vorstellbar waren, und damit sahen seine Augen aus wie Fischmäuler am Glas eines Aquariums. Mit dieser Brille konnte er aber gut das *Pättken* finden, das kurz vor dem hochgelegenen Bahndamm der Privatbahn am Anfang der Wallgrundstraße rechtwinkelig abzweigte. Hanno und Jonni schossen halsbrecherisch durch die beiden metallischen Sperrpoller des *Pättkens* hindurch und damit war Indischen für die Tschakos, wie Jonni sich auszudrücken pflegte, als er in heldenhafter Pose nach Stunden wieder den Weg zum gelben Briefkasten gefunden hatte. Hanno galt an diesem Tag und auch in der Nacht als verschwunden. Die Mutter war verzweifelt und trieb ihren Mann an, den Sohn überall zu suchen. Der hatte sich aber gut vor den Tschakos am alten Güterbahnhof der Privatbahn samt Moped versteckt und tauchte erst am nächsten Tag spät abends mit einem Grinsen im Gesicht am gelben Briefkasten unter der Laterne auf. Als die Jungs ihn langsam auf sich zukommen sahen, meinten sie, einen tastenden Blinden zu erkennen. Gar nicht weit gefehlt, denn Hanno hatte die Brille wieder nicht auf und verließ sich voll und ganz auf seine den Weg gewohnten Beine. Erst als er das Gejohle und Feixen der Jungs vernahm, wurden seine Schritte schneller und zielstrebiger. Unter der Laterne gaben sie sich der Sensation hin, bis auf die anwesenden Brüder von Jonni, die sich eher besorgt und zurückhaltend zeigten. Die beiden Mopedfahrer genossen jedoch die überwiegend erteilte volle Anerkennung. Aus mehreren Richtungen wurde den beiden Helden Fluppen angeboten und der wegen seiner hohen Stimme so genannte Piepse, auch einer aus dem ersten Bahnhaus, dritter Stock rechts, frisch zugezogen, führte zur Feier des Abends sein neues Kofferradio vor, was von da ab an häufiger an der Ecke zu hören war. Der rauschende und in seiner Lautstärke ständig wechselnde Empfang des Mittelwellensenders von Radio Luxemburg irritierte die älteren Anwohner nicht nur, sondern ließe sie sich auch zu Schimpftiriaden und Drohungen hinreißen. Nur, wenn es nicht aus einer Familie der Jungs kam, führte das zu schallendem Gelächter und es wurde noch weiter aufgedreht. Machte sich ein hemdsärmeliger Mann aus einem der umliegenden Wohnhäuser verärgert auf den Weg zu der lärmenden Truppe, verdünnisierten sie sich schnell in den Innenbereich eines der Bahnhäuser. Dort waren sie sicher. Es gab dort auf den Höfen jeweils eine Reihe von Barackenschuppen mit Plumpsklos, Schweine- und Hühnerställen und eine große ummauerte Pissecke für die Männer, die oft bis zum Rand gefüllt war und nicht selten überlief. Auch gab es kleine Backsteinhäuschen für Gerätschaften und mit einer Waschküche mit zu befeuerndem Waschkessel und verschiedenen Bassins, in denen an heißen Sommertagen die Kinder im kalten Wasser Urlaub spielten, und es gab Reihen von Beeten, eingefriedet von dichten und mannshohen Hecken. Ideal. Dort irgendwo stellten sie sich hin und hielten die Schnauze.

Jonni, Popp, Schmuddelflunke, Spucki und Manni, der seinen Körper mit griffigen Gewichten aus selbst gegossenen Betonteilen stählte, blickten wie so oft eines Tages zu späterer Stunde an einem Herbsttag auf Jutta Jensch und machten alle anderen auf sie aufmerksam. Auch Öli, er wohnte ein Stück weiter weg, stellte sich ein. Schwarze Lederjacke und weiße Mokassin. Der wahre Rocker. Harri, aus dem ersten Bahnhaus, sehr engagiert bei den Fußballturnieren auf dem Ehreichenplatz, ansonsten nur immer kurz dabei, wurde neugierig und wollte sich jetzt alle Zeit der Welt nehmen. Die Jensch wohnte in einer Parallelstraße der Wallgrundstraße und ging über die grell erleuchtete Bahnschranke in Richtung ihres Zuhauses, Droschestraße. Gleich gegenüber der Fabrik. Sie wohnte in einem schmalen Eigenheim der Eltern und hatte ihr Zimmer im Obergeschoss.

„Die hat Titten, mannmannmann, und wie die geht ... und der kurze Rock ... Leute ..., die weiß, was sie macht", waren sie sich schnell einig. Und dann kam es heraus: Popp, wieder mit *viel Paste* im Haar, hatte die Idee. Ausnahmsweise dieses Mal nicht Jonni. Popp war einmal vor ihrem Haus. Er betonte, nicht aufgefallen zu sein. Er wäre auf der anderen Straßenseite gewesen und hätte sich *Das da* mehr im Vorbeigehen und schräg rüber angesehen.

„Die könnten wir *bepillern*, das geht, könnten wir jetzt machen, ist ja schon dunkel", schlug er vor.

„Was wird gemacht?", fragte Jögen.
Er bekam keine Antwort. Keiner reagierte. Hilflos blickte er zu Motz, der mindestens zwei Jahre älter war als er und zu dem er besonderes Vertrauen hatte. Motz hatte einen Tarzan-Fimmel, einen Old Shatterhand-Fimmel und auch Herkules-Fimmel. Mehr Fimmel gingen bald nicht mehr. Daran konnte Jögen vollen Anteil haben. Wie in einer Schulung erfuhr er von Tarzans Fähigkeiten und dass die Elefanten seine Freunde waren und dass Old Shatterhand allen überlegen war mit seinem Freund Winnetou und der Herkules Kraft ohne Ende hatte, der habe Paläste zum Einstürzen gebracht.

Motz, jetzt schon fünfzehn, kam mit seinen Eltern und dem Bruder Hansi aus dem nahen Stemmen. Es war der, dessen Bett *mit ihm drin* auf einem Güterwagenwaggon landete. Das ist zwei bis drei Jahre vorher gewesen. Es wurde davon gesprochen. Es stand seinerzeit alles in der Zeitung und eindrucksvolle Bilder dazu waren auch abgedruckt. Ein Güterzug raste mit zu hoher Geschwindigkeit in einer Schienenkurve in ein Wohn-Bahnwärter-Haus, in dem die Familie wohnte. Außer Sachschaden und leichten Verletzungen war nichts passiert. Der Vater bediente dort die Schranken. Das geschah noch mit der Kurbel und geschah auf dem Podest vor dem Haus. Was war schon Schrankenwärter oder Kurbeldreher? Motz hatte dazu oft die passende Erklärung auf Lager:

„Das ist einer, der sein Geld im Handumdrehen verdient, und das ist was, was nicht jeder kann."
Das leuchtete ein. Wenn jetzt sein Alter auf dem Posten am Ehreichenplatz Dienst tat und sich oben auf dem ausgelagerten Podest des Bahnwärterhauses zeigte, wenn er die Schranken runter und wieder hoch bewegte, wenn die durchdringende *Bimmel* der Anlage dann die heimatlichen Klänge von sich gab, nickten die Jungs anerkennend zu Motz rüber.

Es gab noch einen weiteren Schrankenwärter. Den egozentrischen Mann aus der Wallgrundstraße: Zischke. Der hatte in der Regel Nachtdienst und es blieb nicht verborgen, dass der oft die eine oder andere Witwe dort oben beglückte. Nun, der hatte es mit Weibern, Motzes Vater mit dem in seiner Kneipe abgefüllten *Gestritztem*. Deshalb wirkte der für Wartende an der Schranke im hellen Sonnenlicht oft so außergewöhnlich fröhlich. Er winkte oft, pfiff und tänzelte. Nicht selten rauschte auch ein Zug durch, ohne dass die Bahnschranken unten waren. Nicht begreiflich, dass keine Passanten erfasst wurden. Nicht einmal Beschwerden hat es gegeben. Der fröhliche Bahnwärter war über alle Maßen beliebt.

„Ich weiß auch noch nicht genau, wie wir *pillern*", warte ab, Popp macht das schon und du kommst natürlich mit, halte dich aber hinter mir", sagte Motz leise zu Jögen. Es war soweit. Popp, der zeichnete sich durch schwulstige Lippen aus, auf Fotos sah er aus wie ein geschminkter Clown, und übernahm die Führung. Auf in die Dunkelheit. In Reihe folgten Jonni, der Stinki, als den ihn in brenzligen Situationen rettenden Kumpan hinter sich wusste, dann Jonnis ältere Brüder Franz und Barni, die gerne in den Nachbargärten in der Dunkelheit durch die heruntergelassenen Rollläden spannten, saure Äpfel stahlen, um sie abends im Bett bei einem Schmöker zu essen, Jonnis jüngster Bruder Kuddel, der noch bis zu Beginn seiner Lehre als Autoschlosser auf der Straße beim Indianerspiel mit den kleinen Krotzen dabei war und als Cowboy das *Whiskywegkippen* an der Bar mit einem Schnapsglas und Wasser traumverloren simulierte. Als Bar hatte er sich dazu eine riesige und schwere Bahngleisschwelle auf zwei aufgeschichtete Ziegelsteintürme hoch gewuppt, was ihm eines Tages schwarze Zehen einbrachte. Der Umsturz war nicht zu verhindern und auch absehbar. Gleich hinter Kuddel marschierte Spucki, der unter Spuckzwang stand und sehr geschickt in der Annahme von hochgeschossenen Pässen der Pille war. Erst Brust, dann nickte er die Pille mit der Stirn runter vor seine Füße.

„Du hast ja auch ein Gesicht wie eine Rutschbahn", stänkerte Jonni ihn an, wenn dem Spucki das gelang, was auch er gerne gekonnt hätte. Spucki hatte tatsächlich ein etwas abgeschrägtes Gesicht, also eines mit Gefälle und die Gesichtsform musste schon als dreieckig bezeichnet werden. Anders als bei seinem Bruder Schmuddelflunke und auch mit von der Partie. Der hatte im Gegensatz zu seinem Bruder Spucki mehr ein rechtwinkeliges Gesicht, erinnerte an einen kleinen hochgestellten Schuhkarton, auf einer langen und schlanken Statur. Den Namen Schmuddelflunke wurde er nicht mehr los und der wurde ihm damals verpasst, als Motz noch als Edelcowboy die Rollen und Funktionen bei den Kampfspielen verteilte, gar anordnete, und er musste eben den Stamm der Schwarzfußindianer vertreten. Dann Hanno. Voller Erwartung und keuchend tippelte er mit. Natürlich jetzt mit der Brille auf der Nase und der geilen Hoffnung, dass es was zu sehen geben werde. Das Schlusslicht des Spähtrupps bildeten Jögen, gefolgt von Motz, in einer gewissen Schutzfunktion für ihn und Piepse, der beim Laufen mehr nach hinten sah als nach vorne. Ach so – Olli ist noch hinzugestoßen. Sohn des Schlossermeisters in der kopfsteingepflasterten Wallgrundstraße. Der hatte schon so eine Schnapsnase wie der Vater, der richtig mit dem Saufen anfing, als er sich zum Schützenkönig vom Ehreichenplatz hochgeschossen hatte. Er hatte bereits seine Gesellenprüfung bestanden, galt schon als Juniorchef und freute sich auf Schmuddelflunke, der mit nachbarschaftlichem Vorzug eine Lehrstelle als *Eisenstift*, wie es hieß, zugesagt bekommen hatte. Olli hatte sich schon die Quälereien für ihn ausgedacht und würde sein Programm fahren, sobald der neue Lehrling *im Blaumann* stecken würde. Die Älteren, Bodo von den Jesses, schon verheiratet mit einer, über die schon viele *rüber gegangen* sein sollen, Adolf von den Jesses, schon dreißig Jahre alt, Epileptiker, Kirchgänger, belesen und stets sehr korrekt in Anzug mit

Hemd und Krawatte auftretend, waren nicht dabei. Auch Hansi, Motzes Bruder, nicht, der war viel zu vernünftig.

Motz sollte am nächsten Tag was erleben. Der hatte am Vortag unerlaubter Weise die Vespa des älteren Bruders aus dem Schuppen geholt und damit hoch feierlich seine Runden durch die ganze Gegend gedreht. Das wurde bemerkt. Hansi war mit seiner Vespa sehr eigen, nicht mal anfassen durften die Jungs. Aber gerade die Jungs hatten ihm das gesteckt. Sie freuten sich schon darauf, wenn Motz seine derbe *Arschlage* bekäme. Es gab ein gewisses Gespür für Zeitpunkte und Betroffene von *Arschlagen*. Dann ging es darum, die Darbietung nicht zu verpassen. Manchmal gab es was zu sehen, zu hören aber immer. So um die Ecke herum oder unter dem Fenster oder in hervorragender Tonqualität im Hausflur.

Jetzt ging es aber zunächst darum, Jutta Jensch zu bespannen. Auf dem kurzen Weg dahin, im Schatten der Dunkelheit, im Schatten der schwachen Straßenlaternenbeleuchtung, musste keiner einen anderen Kumpel ermahnen, leise zu sein, nicht zu sprechen, nicht zu lachen. Das war im Klub Routine, jeder wusste, was gebacken war. Einer nach dem anderen schlich sich hinter Popp durch das Gartentor in den schmalen Zugangsweg bis fast vor die Haustüre. Popp instruierte flüsternd:
„Da oben, das Fenster. Es ist schon Licht an. Wir können alles sehen. Keine Gardinen. Gleich geht sie ins Bett. Sie zieht sich dann vorher auch in dem Zimmer immer aus. Das weiß ich. Wenn sie den BH abnimmt, ja, ja dann könnt ihr

voll ihre Titten sehen, vielleicht sogar alles. Wir können hier in den Ästen der Tanne hochklettern. Die steht doch ideal da, perfekter Aussichtsturm. Los geht es!" Popp kletterte in die hohe Tanne, die einfach einladend dastand. Auf den stabil wirkenden Ästen, die vom Stamm ausgingen, gelangte er ziemlich hoch und hatte einen Blick von oben in das Fenster, gegeben wie von einer Theaterloge aus. Jonni drängte sich vor, er wollte der zweite von den ungebetenen Gästen sein. Olli animierte Schmuddelflunke jetzt auch hochzuklettern. So hoch wie die beiden vor ihm kam er schon nicht mehr, denn dort war der Halt der Tanne nicht mehr so gegeben. Aber er schien mit seinem Aussichtsplatz zufrieden zu sein. Dann war es schon soweit. Alle anderen des Rudels erkannten, dass es nicht mehr möglich war, auch noch an der Tanne hoch zu kommen, sahen von unten dichtgedrängt nach oben schräg in das Fenster von Juttas Zimmer. Sie sahen an der beleuchteten Zimmerdecke die typischen bewegten Schatten einer Frau, die sich ihrer Kleidung entledigt. Die Art, wie sie ihren Pulli über ihren Kopf auszog, war prägnant zu erkennen. Klar, die Weiber fassen unten an und ziehen dann rüber. Im Gegensatz zu Männern, die oben am Kragenbund anfassen und dann hochziehen und überstreifen. Jetzt, wo es passieren sollte, passierte es: Die Tanne trug die Lasten nicht und bog sich langsam aber sicher und unaufhörlich in Richtung Boden. Die drei im Baum konnten noch eine Weile an dem Ast hängen, worauf sie vorher stehen konnten und Halt gefunden hatten, mussten dann aber abspringen. Das ging nicht geräuschlos vonstatten.

„Abhauen, weg hier, nichts wie weg hier!", tönte Jonni und lachte dann dreckig und hemmungslos laut.

Er mochte solche Dramatik. Er genoss zu solchen Gelegenheiten die Reaktionen in einer aufgeregten Truppe. Alles rannte, nur Schmuddelflunke kam dabei nicht so schnell durch das Gartentor, er hatte sich beim Absprung den Fuß verknackst. Die Jungs erlebten dann wieder an der Ecke des zweiten Bahnhauses an der Droschestraße, aus sicherer Entfernung, wie Schmuddelflunke vom Vater der Jutta, an seiner Silhouette im schwachen Laternenlicht gut zu erkennen, ans Schlafittchen genommen wurde. Mit einem Stockschirm, wohl im Hausflur schnell gegriffen und den so gefasst, dass der Knauf unten war, trimmte er auf die Oberschenkel von Schmuddelflunke ein. Die beobachtenden Jungs lachten sich kaputt, johlten und stellten fest, eine wirklich hervorragende *Arschlage* zu sehen. Die Schreie von Schmuddelflunke klangen durch die nächtliche Stunde und das Gejohle der Jungs verriet, dass es sich nicht unbedingt um die Schreie eines Verbrechensopfers handelte. Schmuddelflunke konnte nach seiner empfangenen Lage gehen. Mit Tränen in den Augen erreichte er die Jungs.

„Ihr seid alles Arschlöcher!", schleuderte er ihnen entgegen. Aber dann lösten sich seine Tränen auf, es gelang ihm, mit zu lachen, wohlweislich, in vielen Fällen selbst zum belustigten Publikum gehört zu haben.

Anschlami! Anschlami! war schon am nächsten Tag zur späteren Nachmittagszeit zu hören, begleitet von dem Gebumse, dem Donnern der Fäuste gegen den gelben Briefkasten. Es waren die *Krotzen*, die letztendlich einen Teil der Leidenschaft von den Eckenstehern übernommen hatten und sich mit dem Versteckspiel vergnügten. Die es vom Suchenden ungesehen aus ihren Verstecken hin zum Briefkasten schafften, befreiten sich so davon, nun selbst Suchende werden zu müssen. Hatte aber der umherlaufende Suchende einen gesichtet, einen gefunden, ergab sich das meist kurze Wettrennen zum Briefkasten und je nach dem wer Erster war, schlug an: *Anschlami !* Ein bloßes Versteckspiel war das allerdings nicht. Der Kick bestand darin, mit einem gewissen Verständnis der Anwohner, der Erwachsenen für die Kinder, dass sie eine Zeit lang in irgendwelchen Hauseingängen, Kellereingängen, Hausfluren, Gärten hocken konnten und sich dabei von fremden Örtlichkeiten ein Bild verschafften, die Lage peilten. Das war immer für etwas gut. So verschwanden dann auch Wäscheleinen, Gartengeräte, Fahrräder, im Winter gar Schlitten und anderes mehr. Selbst Blumenkästen auf Balkonen draußen gefielen den Kindern und für die Dunkelheit wurden die Obstbäume taxiert, damit das Obst dann einfacher und schneller zu pflücken war. Für Mundraub war Verständnis, gar manchmal ein Lächeln der Anwohner zu erwarten, jedoch nicht immer. Im Zweifelsfall mussten Eltern für Entgelt sorgen und im Zweifelsfall war alles nur geliehen, wenn eines der lieben Kinder mit irgendwelchen Utensilien von diesen Dieberein erwischt wurde. Die *Krotzen* hatten von den Eckenstehern einiges abgeguckt und zum Gebrauch übernommen. Aber sie waren längst nicht soweit, denen den Rang abjagen zu können.

Aus fröhlicher Runde der Eckensteher unter der Laterne wurde Motz herausgegriffen. Bruder Hansi, mit seinem Reservistenhandstock am langen Arm, griff ihn im Nacken und führte ihn nicht gerade sensibel in Richtung des zweiten Bahnhauses.

„Ich werde es dir beibringen … von wegen Vespa fahren … du Scheißer … Taugenichts …. mit Katja Rieping als herrschender König auf dem Thron … tickst nicht frisch … und dann noch die andere Sache … bringe die Leiter wieder bei … Tarzan … Idiot!", brüllte Hansi ihn an. Noch nicht ganz außer Sichtweite folgte das Rudel ihnen. „*Arschlage* ist fällig", wurde gehässig kichernd festgestellt. Die Brüder waren schon in der Wohnung, zweiter Stock rechts, als da oben die Fenster der Küche und der Toilette zum Hof hin zugeknallt wurden. Aber im Hausflur war alles gut zu hören, gemütlich auf den Treppenstufen: „Aua, nicht, nein … mache ich nicht mehr … aua, ... ich hatte Bauchschmerzen … die ganze Nacht … da bin ich …. aua … ja … ja … ich finde die Leiter wieder…aua." Deutlich war auch das Trampeln und das Hin und Her der da oben zu vernehmen. Die Jungs bepissten sich fast, sie konnten ihre Sensationslust, ihr Lachen kaum unterdrücken. Es war manchmal nicht daran zu denken, Luft holen zu können und ihre Köpfe wurden schon rot. Dann war es oben still. Es dauerte Stunden. Dann tauchte Motz wieder unter der Laterne auf. Diese brannte schon. Er zeigte ein paar blaue Flecken am Arm und auch an einem Unterschenkel. Mehr Spuren von den Schlägen mit dem Reservistenstock waren zu vermuten. Motz lachte aber.

„Erzähl, was war mit der Leiter?", stellte Jonni die jetzt interessierende Frage. „Ach, das habt ihr gehört?", fragte Motz und es war zu erkennen, dass ihm das höchst peinlich war. Dass er es erzählen musste, war klar, aus der Nummer kam er nicht mehr raus. Sein Report war der Hammer: Er habe Bauchschmerzen gehabt. Die ganze Nacht über. Da sei er auf die Idee gekommen, in den Kastanienbaum zu klettern. In die ersten oberen Äste wäre er nur dadurch gelangt, weil er sich der großen Leiter vom eigenen Hof bedient habe, denn auf dem anderen Hof gebe es ja keine Leiter. Er habe die Leiter unbedingt gebraucht, um den hohen und langen Stamm des Baumes zu überwinden, um wirklich dann auch in den Wipfel der Baumkrone zu kommen.
„Du kletterst mit Bauchschmerzen?", lautete die Zwischenfrage von Olli, der mit seinem grinsenden Gesicht zeigte, dass als Antwort nur Blödsinn kommen konnte. Motz betonte dann, es helfe ihm immer dann, wenn er Schmerzen habe. Auch bei Zahnschmerzen würde er klettern. Die Spannung in der Gruppe stieg an, es wurde still, man wollte weiter hören. Auf Höhe der Diefenbachs in der zweiten Etage rechts habe er aber aufgehört zu klettern. In der Küche wäre noch Licht gewesen und er habe gesehen, wie Frau Diefenbach

nackt um den Tisch herumgelaufen sei und sich dabei mit beiden Händen immer unter ihre dicken Titten geklatscht habe. Der Mann sei dabei nur mit einer Hose bekleidet, aber mit nacktem Oberkörper, immer hinter ihr her gerannt. Alle in der Gruppe, von den Jesse-Brüdern bis hin zum Benjamin Jögen, zeigten sich zunächst fassungslos, dann aber platzte das Gelächter heraus. Nur aus einem nicht. Dem Piepse. Der musste sich gerade was über seine Eltern angehört haben. Nach kurzer Besinnung schlug er mit beiden Fäusten auf Motz ein, der aber lachend und gekonnt abwehrte. Schließlich war er ja der Tarzan, der Old Shatterhand. Die Jungs beruhigten Piepse, der kurz darauf ohne Worte die Ecke verließ und durch das schmale Seitentor in der Wallgrundstraße im Bahnhaus eins verschwand.
„Komm erzähl weiter…", forderte Spucki auf.
Ja, die Leiter sei dann weg gewesen, als er im Morgengrauen wieder vom Baum runter wollte. Er habe keine Chance gesehen, abzuspringen. Der Baum sei ja sehr hoch, insgesamt fast so hoch wie alle Etagen im Bahnhaus zusammen. Er habe dann gewartet, bis einer der ersten von den Frühschichten rauskommen würde und er dann um Hilfe bitten würde. Aber es wäre die Scheiße gewesen, dass wohl keiner zur Frühschicht musste. So habe er dann doch um Hilfe rufen müssen, denn er habe auch zum Klo gemusst.
„Waren denn die Bauchschmerzen weg?",
fragte Jonni schlitzohrig.
„Weiß ich nicht mehr, die hatte ich wohl vergessen",

gab Motz zur Antwort.

Egal was hier jetzt erzählt wurde, egal ob gelogen oder wahr, es war wieder mal was los in der Gruppe und es amüsierten sich alle köstlich, nicht nur einen Tag lang. Eben bis auf Piepse, der war längere Zeit nicht mehr zu sehen.

„Und?", warf der geile Hanno ein, „wie bist du wieder vom Baum runter gekommen?"

„Ja Scheiße, Hansi hat mich gehört. Der kam aus dem Haus und musste dringend weg. Auf dem Weg zu mir rüber hat er die lange Leiter gleich vorne im Hof an der Hauswand angelehnt gesehen und die gleich mitgenommen. Geflucht hat er dabei, weil die ja alleine nicht gut zu tragen ist. Als ich abgestiegen bin hat er nur gesagt, dass er darauf noch zurückkommen werde. Mama und Papa würden sicherlich dazu auch einiges wissen wollen. Dann ist er wieder zurück zur Vespa und weggefahren. Ich hatte erst einmal Glück. Als ich dann die Leiter wieder zu uns rüber schleifen wollte, kamen der Burmester und der Kohl aus dem Haus und stellten mich zur Rede, wieso ich die Leiter wegschleifen wollte. Sie haben die mir abgenommen. Es hat nichts genützt zu erklären, dass die von uns drüben ist, sie behaupteten, die Leiter gehöre zu denen auf den Hof. Jetzt liegt sie da und alle streiten deswegen und wer mir die Leiter vom Baum weggeholt hat, weiß ich auch nicht."

„Ha ha, Motz beim Spannen, Motz pillert, hieß es dann allgemein, „einsam auf dem Baum, fehlt nur noch, dass er Kuckuck ruft."

„Hört auf jetzt!", gab Motz zurück,
„was war denn mit Jonni im Sommer, der hatte es doch auch mit dem Kastanienbaum – oder?"

„Das war was ganz anderes", entgegnete der und er musste zur Freude der Jungs hinnehmen, dass die Geschichte nochmals detailliert aufgerollt werden sollte. Aber vorher wurde noch der Lächerlichkeit preisgegeben, dass Motz, gar nicht so lange her, mit Katja Rieping aus dem ersten Bahnhaus dritte Etage rechts König und Königin spielte. Das in Motzes Alter! Die Kleine war vielleicht gerade mal acht Jahre alt. Dieses Spiel mit Apfel und Mohrrübe als Herrschaftszeichen in den Händen und residierend auf einem hohen Thron für den König und auf einem kleineren Thron für die Königin, zwei mit alten Decken umhüllte Kisten auf zwei Holzpaletten, ging kaum jemandem durch die Lappen. Es fand mitten auf dem Hof eines der Bahnhäuser statt. Hansi hatte ihn damals da weggeholt und ihn mit Kopfschütteln gefragt, ob er sie noch alle auf der Lampe habe. Motz zeigte sich damals durchaus beschämt, so erwischt worden zu sein. Die kleine Katja hat das gar nicht so recht verstanden und akzeptieren wollen, denn sie hielt den Motz ja schon für ihren Freund.

„Los Jonni, erzähl", kam aus der schadenfreudigen Truppe, „was war mit der Kastanie?"

Ja, Jonni war damals nicht nur deswegen knapp der Erziehungsanstalt entkommen – eigentlich war es so weit für ihn. Es ging ja bereits viel auf sein Konto. Er schwänzte als Klippschüler oft den Unterricht und kümmerte sich lieber darum, seine durchaus kreativen Talente auszuprobieren. Er plante, er notierte, er führte aus. Immer einen kleinen Notizblock mit einem dicken Zimmermannsbleistift in der Gesäßtasche dabei, sammelte er seine Ideen und hakte nach deren Erledigungen ab. Ungewöhnlich für einen solchen, aber so war er. Egal, was er aussheckte, es war notiert und so erinnerte dieser kleine Block ihn an noch zu erledigende Aktionen. Ganz oben auf der Liste stand sein Einbruch in die nachbarschaftlich gelegene Seilerei Brewe. Er drang nachts einsam und alleine in die lange Fabrikationshalle ein, ohne eine Spur zu hinterlassen. Schlau gemacht. Es führte ein Fließband aus der Fabrikationshalle heraus, ein Stück weit in den Versandhof. Ruhte der Betrieb, war der Durchlass des Fließbandes durch schwere und dicke Hartgummiwände verschlossen. Allerdings entdeckte Jonni die Möglichkeit, durch das untere Gestell des auslaufenden Fließbandes in die Halle kriechen zu können. Das passte gerade mal so, denn schon ein Stück weiter wurde durch tragende Stangen und Streben verhindert, weiter zu kommen. Er zog dann mehrfach, immer mal wieder des Nachts, ein Seil von einer Rolle der Fertigprodukte und schaffte es dann, die lange Schlange nach draußen zu ziehen. Er zog die Seile einfach durch den Durchlass. In der Fabrik fiel das gar nicht auf. Die Zeiträume, in denen die Entwendungen vollzogen wurden, waren einfach zu groß. So nach und nach tauchten die Seile um die Ecke herum auf.

Es begann in dem Kastanienbaum. Herbert Burmester, ein rechtschaffender Fahrer einer Gleisbaumaschine, verließ stets am Morgen zur gleichen Zeit das erste Bahnhaus. Er wohnte mit seiner Frau, der Burmester, in der Wohnung unten links. Die wurde vor geraumer Zeit renoviert und gemalert und dazu stellte sich ein paar Tage lang ein Handwerker mit seinen kleinen Gerätschaften ein. Wohl ein Maler, der mit seinem auffälligen Fahrrad ankam und es vor dem Hauseingang abstellte. Am Gepäckträger des grünen Rades war eine kleine Antenne mit einem braunen Fuchsschwanz angebracht. Die Burmester war dann alleine zu Hause und konnte so für den erforderlichen Zugang zur Wohnung sorgen. Auffällig war, dass das Rad dann sehr oft noch zu sehen war, nachdem die Arbeiten längst abgeschlossen waren. Das fiel vielen auf. Es wurde auch schon darüber geredet – aber leise. Es war wohl so, dass der Herbert geschont werden sollte. Als die Jungs wieder einmal unten mit Herrn Rieping und seinem Sohn Aant, aus dem Bahnhaus eins zweite Etage rechts, an den Wasserläufen, nahe Reckes Büschken, waren, um ein Geländespiel zu veranstalten, den Jüngeren zu zeigen, wie im Wäldchen Buden gebaut werden, war die Sache klar. Die Burmester wurde mit dem Maler gesehen. Herr Rieping war ein feiner, netter Mann. Er zeigte sich kameradschaftlich und wenn er etwas mit seinem Sohn gemeinsam unternehmen wollte, Touren zu Reckes Büschken, zum goldenen Sandberg oder zu Badefreuden im Sommer zur Kiesgrube, trommelte er viele von den Jungs zusammen, damit die dabei sein konnten. Die Frauen der Gegend waren sich einig. Das mache der nur, weil es mit seiner Frau nicht mehr so liefe und er seine freie Zeit deshalb so engagiert für die Jugendlichen und die Kinder um den Ehreichenplatz herum einsetzten würde, hieß es. Gerne ließen sich das alle gefallen, denn wer mit dem Herrn Rieping zusammen war, machte keinen Unsinn. Wie dem auch sei. Der bekam nicht mit, dass die Burmester mit dem Maler auch in dem Wäldchen mit den vielen Büschen war und dort wohl vögeln wollte oder gar gevögelt hat. Aber die Jungs bekamen es mit. Vor allem Jonni, der mit Jögen gerade dabei war, Äste und Zweige zu sammeln und die sich deshalb mehr neben den *Pättken* bewegten. Sie liefen den Liebenden fast in die Arme. Wenige Tage später irrte der Maler so gegen Mittag auf dem Hof des Bahnhauses herum und suchte sein Fahrrad, das er wie immer an der gleichen Stelle abgestellt hatte. Er wollte los. Das Schäferstündchen war ja wohl gelaufen. Er konnte sich nicht mehr verdeckt verhalten, als immer mehr der Hausfrauen der Bahnhäuser auf diesen Hof kamen.

„Na, was sucht man denn?", wurde scheinheilig gefragt.
Dem Maler blieb nicht verborgen, dass die was ahnten. Er suchte überall herum, auf die Idee, mal hoch zu gucken, kam er nicht. Jonni hatte am lichten Tag mit Zuspruch dieser Hausfrauen das Fahrrad mit Hilfe der langen Leiter bis in die Mitte der Baumkrone des Kastanienbaumes am langen geklauten Seil hochgezogen und es dort sicher und fest zwischen den Ästen fixiert. An einer Stelle war der kleine

Fuchsschwanz des Fahrrades zu sehen, der durch das Blattwerk des Baumes schimmerte. Es gab da ein kleines Mädchen, das wohl glaubte, ein Eichhörnchen entdeckt zu haben, sich aber wunderte, dass sich dieses putzige Tierchen nicht bewegte. Nach einer gewissen Zeit zog der Maler wortlos von dannen. Das Fahrrad hing im Baum, bis im Herbst die Blätter vom Baum abfielen. Es sah dann aus wie ein Kunstwerk in einem riesigen Gerippe. Es war eine Sensation für alle. Selbst Herbert Burmester hatte nichts ahnend seinen neugierigen Anteil daran. Nur die Burmester nicht. Sie wusste, warum. Alle schwiegen jedoch. Eines Tages war das Fahrrad weg. Der Trupp von der Bahn, der die Bäume ihrer zugeordneten Areale beschnitt und mit dem Hubwagen da war, hatte das Fahrrad entfernt. Es muss wohl nach einer gewissen Zeit einer öffentlichen Versteigerung zugeführt worden sein. Der Maler ward nie mehr gesehen. Aber nicht nur die Jungs bekamen dann mit, dass Jonni von seinem Alten einige schallende Ohrfeigen kassierte, wobei von den Jungs keiner lachte, denn der Alte schlug sehr hart zu. Später schon, als das verwegene Gesicht des Helden in Tränen aufgelöst war.
Es war doch ein zu schöner Anblick, den harten Jungen auch mal so zu sehen.

Zum Jonni gab es am laufenden Band neue Nachrichten, die durch alle Reihen gingen, die generationsübergreifend von Interesse waren, den Alltag spannender machten. Weiter hinten, mitten in der Wallgrundstraße, dort, wo die beiden

Läden sich gegenüber sind, wohnte Schmuddelflunke mit seinem Bruder Spucki in einer von der Wallgrundstraße abzweigenden Straße. Dort fanden sich alle ein. Jonni hatte zu einem Wettbewerb eingeladen. Es ging darum, den wirklich allerbesten Weitsprung aus dem Stand zu prämieren. Er stiftete dazu einen Leinenbeutel voll *Glaser*, den beliebten bunten und individuell gezeichneten und nicht ganz billigen Murmeln unterschiedlicher Größe. Er rief und alle kamen. Es war ein regennasser Tag. Direkt vor Schmuddelflunkes Eingang befand sich eine etwa sechs Meter lange Jauchegrube. Die Kammer war als rechtwinkliges Bassin in den Boden eingelassen und mit einer Reihe von Holzbohlen quer abgedeckt, eine Bohle so etwa dreißig Zentimeter breit. Jonni entnahm am Anfang der Strecke zwei Bohlen und hopste aus dem Stand über die unten ersichtliche stinkende und übel aussehende Klärmasse hinweg. Kacke und Pisse pur. Es galt, das nachzumachen. Einigen war das zu blöd, einige machten mit. Mit Begeisterung der lange Schmuddelflunke. Es war ja seine Grube und er versprach sich davon wie bei einem Fußballspiel den Heimvorteil. Jonni erhöhte den Schwierigkeitsgrad. Er entfernte zwei weitere Bohlen und die Herausforderung wurde wahrgenommen, bis so vier Bohlen erreicht waren. Die Zahl der Wettbewerber nahm auf einen Schlag ab. Es fiel auf, dass Jonni selbst keine Anstalten mehr machte, sich der von ihm gestellten sportlichen Aufgabe zu stellen. Nach der fünften Bohle

streikten alle. Schmuddelflunke überlegte noch. Jonni animierte:
„Zwanzig Mark, wenn du´s schaffst!"
Schmuddelflunke nahm Aufstellung, atmete hochwichtig durch, konzentrierte sich auf den Sprung, ging in die Knie, streckte seine Arme weit nach hinten aus.
„Gute Sprungfedertechnik", meinte Jonni noch kommentieren zu müssen. Dann geschah es.
Schmuddelflunke hätte es fast geschafft, aber die zu erreichende Bohle war durch den Regen zu glitschig und er rutschte schon am vorderen Rand ab. Er landete mit einmal kopfunter in der Scheiße. Als er sich unter großen Mühen, verständlicherweise ohne Hilfe von den anderen Jungs, aus der Grube befreit hatte, stand er wie eine braune Salzsäule da und er war als Mensch nicht mehr zu erkennen. Es gab ein Gelächter, das jeden Flugzeuglärm hätte toppen können. Vielleicht war ja sogar gerade ein Flugzeug in der Luft. Wer weiß, dem wäre nachgeschaut worden. Schon in der gleichen Minute ging oben das Fenster auf und die Mutter, gleich in die zweite Reihe verdrängt vom Vater, blickte wehmütig auf den frisch beschissenen Sohn herab. Der Vater brüllte runter:
„Du bleibst im Regen stehen, bis du einigermaßen sauber bist … du kommst jetzt nicht ins Haus … und ihr anderen … macht die Grube zu … Drecksäcke … verschwindet … sonst poliere ich euch eure Fressen." Jonni beendete den Wettkampf fast förmlich und stellte fest, dass die

Teilnehmer mit gleichem Ergebnis sich den ausgelobten Preis teilen müssten und dass Schmuddelflunke natürlich die zwanzig Mark vergessen könne. Seinen Anteil *Glaser* habe er aber verdient.

„Willst du schon ausgezahlt werden?", fragte er das arme stinkende Schwein. Es antwortete nicht. Es musste da wohl lange allein und verlassen stehen geblieben sein. Die anderen gingen um die Ecke, kauften sich beim Bäcker und Lebensmittelhändler Matschew Kuchenteilchen und Pepsi und dann hörten sie das, was kommen musste:

Schmuddelflunke muss eine *Arschlage* bekommen haben, die sich gewaschen hatte. Für die Jungs schön zu hören, war wie Musik, dazu schmeckten die Kuchenteilchen und die Pepsis besonders gut. Ach so, einen Tag später war der Vater von Schmuddelflunke auf dem Weg zum Vater von Jonni. Es waren noch mehr auf dem Weg zu dem. Umlauf, der steife Beamte und Sprecher der Hausgemeinschaften von den Häusern des Wohnungsvereins, die sich auf einer Seite der Wallgrundstraße aufreihten und der Alte von der Kohl, der Simone, die Rabuskopp genannt wurde.

Angestiftet und geführt von Jonni hatten Stinki und Hanno sämtliche der grün angestrichenen Gartentore ausgehängt. Die Tore waren sich ähnlich, jedoch keineswegs von den Maßen her gleich. Die Aktion lief während der Nacht. Das Aushängen war nicht genug, nein, die Tore wurden auf der doch langen Strecke der Wallgrundstraße völlig unpassend, völlig falsch wieder vor die Häuser gestellt. Das Ganze muss

Stunden gedauert haben und es lief tatsächlich unbemerkt ab.

Schnauze halten und schleichen war eben deren Routine. Und immer wieder die Sprache der Straße:

"Guten Tach, Herr Umlauf, wie geht Ihnen und Ihre Frau denn noch so?", fragte Jonni scheinheilig den ordentlichen und konservativen Mann, um zu peilen, ob er in Verdacht stünde. Hinter ihm standen Stinki, der den Spitznamen wohl begründet erworben hatte, auch Hanno, der selbst in einem der betroffenen Häuser wohnte und seine Unschuld vortäuschte. Er echauffierte sich sehr über die Aktion, er sprach sogar von verwerflichem Vandalismus. Umlauf winkte ab, klares Zeichen, dass er keinem von denen traute.
„Jesse, hören Sie auf, mich auf den Arm zu nehmen, Sie hören noch von mir!" Jögen wohnte im gleichen Haus wie Umlauf. Wie alle, verfolgte er auf der Straße mit, wie die braven Bürger ihre jeweiligen Gartentore identifizierten und wieder an Ort und Stelle brachten. Jögen bot Hilfe an, schnell das richtige Gartentor für Umlauf und sein Haus festzustellen.
„Wird nicht einfach sein", bemerkte der.
„Geht schnell", sagte Jögen.

Als ihm Jesses Franz einmal erzählte, wie er spät am Abend durch den Rollladenschlitz im Garten seines Hause nach dem Äppelklau die Frau Sokoll mit ihrem Chef, einem Arzt, beim Knutschen beobachten konnte, war Jögen, noch so jung an Jahren, eifersüchtig ohne Ende. Ihm war das hüb-

35

sche Weib auch schon in seinen ersten reiferen Gedanken aufgefallen. Der Mann der Sokoll hatte öfters Spätdienst und Jögen kalkulierte, dass das wohl nicht nur einmalig ablief, das mit dem Arzt. Seine Eifersucht, sein Frust hatte eine schon fast lustige Ausprägung. Er ritzte klein und fein 4711 in das Gartentor. Die Mieter des Hauses ignorierten diese „harmlose Zahl", denn das ist ja „nur" das bekannte Duftwasser aus Köln, damals anfänglich entwickelt in einem Haus mit der Hausnummer 4711, nach Zählungsart Napoleons. Auf Ideen zum Motiv kamen sie nicht. Für Jögen stand die Zahl in seinen noch naiven Gedanken an erster Stelle für verbotenen Sex. Mit den Bezeichnungen Camelia und OB verband er Ähnliches. Jedenfalls konnte er mit der Nummer das Gartentor schnell ausfindig machen und der Herr Umlauf entspannte sich. Alles wieder an Ort und Stelle, auch, wenn es gedauert hat.

Jesses Barni sprach Jögen an: „Du würdest *sowatt nich* machen … *nä* … bist vernünftig … gehst weiter auf Schule … ja … *Ginasion* und so … musste immer weiter machen … ich weiß wer *datt* war … *nich* gut *sowatt* … ich hau bald ab hier … ich mache Führerschein … auch für Laster … wenn ich die *Fleppe* habe … mache ich einen auf Fernfahrer, mein Traumberuf."
Barni war ein melancholischer Typ. Er wirkte traurig. Er war nicht immer von Anfang an in seiner Familie am Ehreichenplatz. Da muss mal was anderes noch gewesen sein.

Er hat einmal erzählt, dass in den Bahnhäusern die Wohnungen ja klein seien. Früher habe er mal erlebt, wie schön es sei, ein eigenes Zimmer zu haben. Jetzt teile er sich ein Zimmer mit noch weiteren vier Brüdern. Zwei Betten übereinander, eines quer. Gut, dass Bodo schon aus dem Haus sei. Das wäre sonst noch mehr Scheiße. So könne doch niemand gut wohnen. Dann immer das mit Adolf. Seine Anfälle, manchmal mitten in der Nacht, raubten einem den Schlaf. Es reiche doch schon, wenn wir ihn auf der Straße auflesen müssen. Seine Kraft, die er entwickele, der Schaum vor dem Mund, schrecklich. Aber gut, dass alle Nachbarn davon wüssten. Sie passten ja mit auf und würden helfen.

Jonni war in der Sache mit den Gartentoren vorerst aus dem Schneider. An seine Mittäter dachte übrigens niemand, wenn Jonni in Verdacht stand oder wenn er wo mit dabei war. Im Zweifelsfall hieß es ohnehin nur in aller Munde: „Der Jonni war's!"

Er hatte auf dem Dachboden seines Bahnhauses, dort wo gerne die Kinder spielten und herumtobten, an einem Balken mehrere Seile verankert, die bis zum Boden herunterhingen. Sogar eine rot lackierte Schaukel hatte er fachmännisch fabriziert. Die Krotzen waren begeistert und insbesondere deren Mütter waren aufgelöst und gerührt, dass der Jonni so etwas Schönes für ihre Kinder gemacht habe. Woher die Seile stammten, interessierte niemanden. Auch Taubendreck hat er wieder an die Frauen ausgeteilt, den sogar bis zur Haustüre gebracht und aus seinem großen Eimer in jeder gewünschten Menge in die ihm entgegen gestreckten Töpfchen gefüllt. Die Frauen waren von diesem Dünger für Ihre Topfpflanzen sehr angetan und stimmten nahezu Lobgesänge an. Manchmal lief er auch mit einer Taube auf dem Finger die Wallgrundstraße entlang. Er ließ sich dann von der die kleinen Körnchen aus den Zähnen picken, die er vorher in seine kleinen Zahnlücken gesteckt hatte. Er führte sogar eine Dohle vor, die er auf einem T-Stück aus Holz stolz umhertrug. Sein Bruder Bodo hatte das seinerzeit den Tieren beigebracht. Dem Fuchs, der Weißen, dem Schimmel, dem Blauschwänzchen, dem Schecken und auch der schwarzen Dohle, die er liebevoll seine Schwatte nannte.

Wenn er die Tauben an einem Brieftaubenturnier teilnehmen ließ, die von einem großen und speziellen Taubentransporter abgeholt wurden und die Stechuhren für die Ringe der Tauben auf der Straße auf die Beinchen gesteckt und verplombt wurden, nahm der ganze Ehreichenplatz beobachtend teil und hielt schon den Tag später Ausschau nach den zum Schlag zurückkehrenden Tauben. Sie kamen dann aus Frankreich, Italien oder noch aus weiterer Entfernung. „Männi komm, Männi komm", lockte Jonni dann seine Flieger in den Taubenschlag, um die Ringe in die als Nachweise erfolgter Rückkehr in die Taubenuhren zu stecken. Sie schienen ihm dann zu gehorchen, wenn sie noch unschlüssig auf den Hausdächern saßen und nur gurrten, damit jedoch wertvolle Zeit für eine Prämierung verschenkten. Das alles mochten sie an Jonni, dem Rüpel, und wenn er sich so zeigte, sprachen die guten Nachbarn ihn auch respektvoll mit Jonathan an, vielleicht mit dem Gedanken, so einen vielleicht doch einmal nötig zu haben.

Auch war er in der Gunst des Schrankenwärters Zischke. Der war ihm dankbar. Am Ende der Straße, zur Schranke hin, bewohnte er mit seiner Frau ein kleines Eigenheim älterer und romantischer Bauart. Schön anzusehen. Im Zuge einiger Modernisierungen im Innenbereich sah er als Treppengeländer Taue vor, die alte Kunststoffführungen ersetzen sollten. Sein Lieferant dafür war Jonni. Gleich neben ihm wohnte Frau Hundertmark mit ihrer Tochter Brunhilde. Die betagte Frau Hundertmark allerdings war weder dem Jonni zugeneigt, insbesondere nicht diesem Stinki und allen anderen von den Eckenstehern wohl auch nicht. Die Tochter, schon vierzig Jahre alt, wurde schwanger. Von wem, wusste keiner. Es tauchte auch kein Mann bei ihr als zukünftiger Vater des Kindes auf. Stinki, der ganz hinten in der Wallgrundstraße wohnte, übertrieb in der sensationslustigen Schwadron derjenigen, die sich die Mäuler zerrissen haben. Die geile Brunhilde sei am *Pättken* gleich in Sichtweite der nächtlich beleuchteten Schranke von einem Macker gegen die Hecke gedrückt worden und der habe ihr einen verpasst, so sein kluges Reden. Das sei ganz klar gesehen worden. Jetzt gebe es bald einen Bruno. Frau Hundertmark muss irgendwie von dem Schandmaul erfahren haben, der eigentlich nur nachplapperte, was Jonni ihm einflüsterte. Sie kam, als über Siebzigjährige noch immer wendig, mit ihrem Fahrrad an den gelben Briefkasten, sprang ab, stellte erst gar nicht den Stinki zur Rede, sondern beschimpfte ihn in lauter, böser und bedrohlicher Weise, bis die Luft aus ihrer Lunge entwich. Dabei schlug sie mit der Luftpumpe des Fahrrades auf ihn ein. „Wage nicht, dich hier wieder blicken zu lassen!", waren ihre letzten Worte an ihn. Auch warnte sie die anderen Jungs, die dort noch standen, keinen Rufmord zu begehen und zitierte das achte Gebot. Dazu hat sie wieder tief Luft geholt. Ihr Auftritt war effektiv. Stinki sonderte sich von den Jungs ab und war dann auch niemals mehr zugegen.

„Kann nicht mehr vorkommen!", rief Jonni hoch, als der Kohl, Vater der Rabuskopp, ihn aus dem vierten Stock des ersten Bahnhauses laut und vernehmlich direkt angesprochen hatte. „Reg dich nicht auf, die macht ja nicht mehr *Wulle* in die *Buchse*!", rief er hoch und lachte dabei dreckig.

Im letzten Herbst, als auf dem Ehreichenplatz das Laub von den Jungs zu großen Haufen zusammengefegt wurde, gab es die Aktion, die Vater Kohl gar nicht gefallen hatte. Rabuskopp, da noch zwölf oder dreizehn Jahre alt, pinkelte sich öfters ins Höschen. Es war eben so, egal ob ihr in der Not der Weg in den vierten Stock zu weit war, sie eine Blasenschwäche hatte oder einfach psychisch belastet war. Sie raffte dann ihr Kleid, zog ihre Unterbuchse aus und hängte sie im Hof des Hauses auf die Wäscheleine, damit sie wieder trocken werde. Das machte sie sichtbar für alle und verhielt sich dabei unbefangen und ohne die Spur eines Schamgefühls, was schon verwunderlich war. Jedenfalls war allen bewusst, dass das Mädchen dann ohne Schlüpfer rumlief und auf dem Ehreichenplatz bei den Jüngeren mitspielte, sei es beim Knickern mit den bunten Gipsmurmeln oder den *Glasern* oder dem Gummitwist. Jonni animierte dann welche von den Kindern, auf den goldgelb glänzenden und gefällig raschelnden Laubhaufen *Kopsibolter* vorzuführen. „Das könnt ihr wohl nicht…", stachelte er sie an. Seine wohlbedachte und hinterlistige Rechnung ging auf. Rabuskopp wollte auch zeigen, dass sie der Herausforderung gewachsen ist, und reihte sich in die Turnerriege ein. Jonni gab dann noch den mit dem Ball herum kickenden Jungs Zeichen und gestikulierte, dass es gleich was zu sehen gebe. Das Mädchen stand vor einem der Laubhaufen, bückte sich nach vorne und machte etwas unbeholfen und wie in Zeitlupe die Rolle. Immer wieder wurde sie dann von den Jungs animiert, die Übung zu wiederholen. Jedes Mal ragte ihr Hintern in die Höhe und es gab den aufgeilenden Blick in ihr *Paradies*, wie Jonni das nannte.

Dabei waren damals alle Eckensteher, bis auf Adolf von den Jesses. Es war schon eine unwürdige Sache, die da ablief. Von den Älteren hätte schon mehr Vernunft erwartet werden können. Aber der Zwang des Rudels mit seinen Spaßfantasien ließ die Vernunft außen vor.

Die Eltern von der Rabuskopp holten ihre Tochter so irritiert wie erbost aus den Reihen der johlenden Horde heraus. Jögen, der Benjamin in der Truppe, fand die Aktion peinlich und er fühlte mit dem Mädchen mit. Er konnte sich aber dem sozialen Sog in der Gruppe nicht widersetzen. Er lief der kleinen Familie hinterher und entschuldigte sich. Das wurde aber von der nicht weiter beachtet. Adolf, der das Geschehen aus größerer Entfernung mitbekommen hatte, sprach Jögen an der Ecke an und riet ihm, sich von einigen seiner Brüder fern zu halten. Zwischen dem Dreißigjährigen und dem Dreizehnjährigen ergab sich ein verständigendes Gespräch. Zu dieser Gelegenheit erfuhr Jögen von ihm Überraschendes. Er würde sich öfters zu Jögens Mutter flüchten, wenn er in der Schule war und sein Vater im Büro. Er sei dankbar, dass seine Mutter ein Gehör für ihn habe und ihm auch jedes Mal was zu essen gebe. Zu Hause sprach Jögen seine Mutter daraufhin an. Die Mutter erzählte ihm, dass es der Adolf manchmal nicht zu Hause aushielt. Die Brüder, besonders der Jonni, würden ihm Vorwürfe wegen seiner epileptischen Anfälle machen und dass es ihnen jedes Mal auf den Wecker falle, sich dann kümmern zu müssen. Er würde dann immer verzweifelt ansprechen, dass er doch nichts dafür könne. Was er denn machen solle, frage er dann nach solchen Situationen seine Brüder.

„Häng dich auf!", habe er nicht nur im Einzelfall zur Antwort bekommen. Adolf arbeitete hart. Eine Anstellung hatte er nicht, aber er machte sich nützlich wo er nur konnte. Er kümmerte sich um die Fütterung des Schweines, grub mit dem Spaten einen vom alten Jesse außerhalb gepachteten Stück Acker für Kartoffeln und Grünkohl regelmäßig um, reparierte den Kindern im Viertel ihr Spielzeug, ihre Roller und Räder, auch ihre lauten Eisenrollschuhe und die leisen Gummirollschuhe. Dafür gaben ihm die Kinder als anerkennendes Entgelt ab und zu einen von den *Biebsen*, die sie von ihren Müttern oft „*für unten essen*" bekamen. Er schippte Koks und Kohle durch die Kellerluken der Nachbarn, besonders beim Hutmacher Plauger, der drei große Luxuswohnungen in den oberen Etagen vermietet hatte. Zu Beginn des Winters brachten die Kipplader Unmengen des Brennstoffes vor die jeweiligen Häuser und es entstanden dadurch große Halden über den Bürgersteig hinweg bis in die Hälfte der Straße hinein. Selbst bei Eis und Schnee war er nur mit einer Hose bekleidet und mit blankem Oberkörper bei der Arbeit. Es fiel schon auf, dass er Muskeln wie Stahl hatte und bemerkenswert schnell und ausdauernd arbeitete.

„Seine Muskeln kommen wohl auch durch die Anspannungen und Verkrampfungen bei seinen Anfällen", wurde gemutmaßt, was sicherlich völliger Blödsinn war. Eines Tages machte es die Runde:

Adolf war tot. Es blieb nicht verborgen, dass er sich auf dem Dachboden des Bahnhauses am Balken mit einem der dort angebrachten Seile aufgehängt hatte. Der Dachboden blieb dann lange Zeit verschlossen. Es gab auch eine polizeiliche Untersuchung. Auch die Kinder, die dort so gerne spielten und sich an den Seilen hoch hangelten und schaukelten, begriffen, was geschehen war. Die trauernden Gesichter der Kinder wirkten auf alle nachhaltig. Es wurde viel von Adolf gesprochen. Es wurde sein stets korrektes Auftreten, seine stets tadellose Kleidung, sein Fleiß und seine Frömmigkeit gelobt. Es fehlten aber die Überlegungen, inwieweit sein Suizid hätte verhindert werden können. Alsbald setzten dann das kollektive Schweigen und das kollektive schlechte Gewissen ein, aber jeder wird sich an Adolf noch oft erinnern. Er hat eine größere Lücke am Ehreichenplatz hinterlassen als gedacht. Der Hutmacher Plauger richtete eine kostspielige und ehrenvolle Beisetzung von Adolf aus.

Nur wenige Wochen später hat sich der Nächste aufgehängt. Das Tau von Jonni, was beim Schrankenwärter Zischke in seinem Häuschen als Treppengeländer fungierte, war ihm dazu dienlich. Zischke sah keinen Ausweg mehr. In einer Nacht rauschte ein Fernschnellzug durch, als er auf dem Posten war. Die Schranke war nicht geschlossen. Das blieb in diesem Fall der Bahnaufsicht nicht verborgen, weil der Lokführer gleich danach seine Geschwindigkeit drastisch drosselte, um eine für den Dienst auf dem Gleis dringend gebotene Nachricht abzusetzen. Der hatte die dafür vorgesehene Meldebox mit entsprechend schriftlicher Beschwerde an der nächsten Bahnstation bei gedrosselter Durchfahrt in das Auffangnetz geworfen. Zischke musste sich einer Befragung stellen und glaubte mit totaler Ehrlichkeit davonzukommen. Er hatte wieder einmal, wohl einmal zu viel, eine Frau bei sich oben und hoffte, dass das so unter Männern als Kavaliersdelikt angesehen und unter den Teppich gekehrt würde. Er hatte sich verkalkuliert. Es erfolgte eine harte Disziplinarmaßnahme seitens der Behörde. Er war mit sofortiger Wirkung in den Gleisbau versetzt worden. Das alles entging auch nicht der Ehefrau des Zischke, die sich schon wegen einer Scheidung anwaltlich beraten ließ. Für die damalige Zeit war eine Scheidung so gut wie nicht denkbar, ebenso wenig wie die Geburt eines unehelichen Kindes.

Gleich nebenan verstarb Frau Hundertmark, es hieß vor Gram, weil ihre Tochter gebrandmarkt den guten und konservativen Nachbarn ausgesetzt war. Die Totentafel war aber noch längst nicht fertig geschrieben.

Spucki erlag einem Krebsleiden. Er blieb allen als flinker, sportlicher und kameradschaftlicher Freund in guter Erinnerung.

Ölis Mutter, eine allem bösartigen Tratsch ausgesetzte Kriegerwitwe, drehte den Gashahn mit dem tödlichen Stadtgas auf.

Öli war dann auch bald wegen Einberufung zur Bundeswehr *weg vom Fenster.*

Weitere von üblicherweise zu sehenden Eckenstehern der alten Riege so nach und nach auch. Manni, der unsinnigerweise und quälerisch mit einem Luftgewehr Spatzen aus den Bäumen schoss, verunglückte tödlich. Von beträchtlicher Höhe der oberen Verstrebung der etwas entfernteren Wandererbrücke aus, machte er einen Köpper in das Flussbecken, der Arbeiterriviera. Er wollte den vielen Spaziergängern und Badefreunden dort seinen gut durchtrainierten Körper vorzeigen und auch seinen heldenhaften Mut beweisen. Der Zufall hatte ergeben, dass er auf einen Stein einer seichteren Stelle traf, der seinen Schädel spaltete und sein Genick brechen ließ.

Kuddel von den Jesses, ging in eine Lehre als Autoschlosser und lebte fortan in einem anderen Stadtteil mit Kost und Logis bei seinem Lehrherrn.

Barni von den Jesses konnte mit der Zuteilung der Fahrerlaubnis für Lastkraftwagen rechnen, in der Fahrschule lief alles glatt. Er hatte schon die Zusage für eine Anstellung als Fernfahrer in einer heimatlichen Spedition. Er war schon als Beifahrer eingesetzt, um die Touren kennenzulernen.

Franz von den Jesses, der so gerne die sauren Äpfel mochte, hatte inzwischen eine ernst zu nehmende Freundin, mit der er jede Minute seiner freien Zeit verbrachte. Er zog auch zu Hause aus. Wohin und was er beruflich machte, war nicht in Erfahrung zu bringen. Selbst die Eltern wussten es nicht.

Schmuddelflunke hatte sein Debüt als Lehrling, jetzt oft stolz im Blaumann auf der Straße zu sehen und war nur noch selten an der Ecke. Sein Schritt ins Berufsleben allerdings startete mit einem lauten Knall: Olli, mit dem er zusammen zu arbeiten hatte, gebot ihm, eine gehörige Menge an Karbid, was zum Schweißen von Metallen verwendet wurde, in eine Ballonflasche zu füllen und mit Wasser zu versetzen. Ohne Rückfrage erledigte Schmuddelflunke seinen ersten

Auftrag und sogar selbständig drückte er den Korken wieder auf die Flaschenöffnung, damit auch bloß nichts auslaufe, würde sie transportiert werden. Das lief auf dem Bürgersteig der Wallgrundstraße gleich vor dem Firmenhof ab. Nach geraumer Zeit gab es einen Knall, der so laut und beängstigend war, dass die Fenster in der Wallgrundstraße aufgerissen wurden und die vielen Köpfe herausschauten. Der hochgeschossene Korken der Flasche landete erst nach geraumer Zeit wieder auf dem Boden. Schmuddelflunke zitterte am ganzen Leib. Sein Kumpel, jetzt sein Juniorchef, lachte sich kaputt. Das allerdings nicht lange. Der alte Oldenburger kam aus dem Haus und drohte dem neuen Lehrling mit Kündigung noch in der Probezeit und seinem Sohn mit Enterbung. Gott sei Dank war das nur eine Momentaufnahme. Die Gemüter beruhigten sich wieder, die Fenster wurden mit Kopfschütteln geschlossen. Olli nahm ab da das Leben wohl ernster und war vorerst abstinent, was das Eckenstehen anbetraf.

Auf dem Ehreichenplatz und an der Ecke unter der Laterne am gelben Briefkasten war es wirklich stiller geworden. Es fehlten jetzt die Fußballturniere und die lautstarken Rufe wie „Gib ab, gib mir, hier, schieß, hör auf *Butte kloppen*, der rempelt, halt die *Pille*, Idiot, nein – kein Tor, doch Tor."

Es war aber noch in Erinnerung, dass der Jonni gut Fußball spielte, oft aber unfair im Gegensatz zum Spucki, der sich aber nicht gerne vom Ball trennte. Ja, anfänglich wurde mit einer Konservenbüchse gefummelt. Später brachte dann der Herr Rieping eine *Lederpille* ein, die mehr schlapp als stramm war und oft zwischendurch aufgepumpt werden musste. Jonni und Spucki konnten die Mannschaften einteilen. Das Privileg hatten sie. Zwischen den zahlreichen Eichen war nicht nur schwer spielen, ein abgegebener Schuss war auch vom Verlauf her gesehen nicht immer zu berechnen und oft ging es im Eifer des Gefechts mit den Schultern oder Kopf gegen einen Baum, oft betäubend schmerzhaft. Außerdem stolperten die Spieler nicht selten oder knickten um und humpelten dann wegen der Verstauchungen, weil sie in eines der zahlreich entstandenen *Knickerpötte*, aus denen der Gewinn *geschrappt* wurde, geraten waren. Es wurden um Zehner, Zwanziger, manchmal sogar Hunderter gespielt. Das war nicht Geld, das war jeweils die Anzahl der *Knicker* pro Spieler. Das alles war jedenfalls nicht mehr. Schule, Ausbildung, Wehrpflicht und Beruf, der Tod von Spucki und auch die neuen, anderen Interessen, jetzt spielten Mädchen eine größere Rolle, veränderten das gewohnte Bild des Ehreichenplatzes deutlich. Auch der Herr Rieping war weg. So gab es auch keine Geländespiele mehr. Er hatte mit seinem Sohn Aant eine entferntere Wohnung genommen, lebte fortan getrennt von seiner Frau und der Tochter Katja, die noch weiter im Bahnhaus eins verblieben.

Auch Harri war längst aus der Clique entschwunden. Er hatte die Schnauze davon voll, dass Jonni ständig seinen Aushang in einem Kasten an einem der Bäume mit Radiergummi und seinem dicken Zimmermannsbleistift manipulierte, worin die Mannschaftsergebnisse mit Datum, Anzahl der Tore und Torschützen in einer Tabelle ordentlich aufgelistet waren. Das alles hieß jedoch nicht, dass an der Ecke gar nichts mehr los war. Dafür sorgte Jonni, der inzwischen als junge Hilfskraft in einer Weberei schon einen relativ attraktiven Stundenlohn erhielt. Zudem zeigte er plötzlich verborgene Talente. *„Ich tu gern singen"*, erklärte er, gab schon Kostproben ab. Die Stimme war beachtlich. „Er singt wie Freddy Quinn", wurde anerkennend festgestellt. Auch zeigte er Zeichnungen und Radierungen, ausschließlich von Tauben, die er so ganz ohne Schulung, dafür in famoser Weise hinbekam. Er wusste inzwischen alles über Tauben und kannte die vorkommenden Vogelarten der Gegend in ihren Eigenarten in- und auswendig. Das brachte ihm wieder Punkte in seinem Ansehen.

Aber es gab auch immer wieder Punktabzüge. Eines Tages nach Pfingsten wurden in der katholisch geprägten Gegend, in dem katholisch geprägten Bezirk, die Bürgersteige der Wallgrundstraße nahezu vor jedem Haus von den Anwohnern mit Sandkuchen versehen. Diese wurden mit Blumen und weißen Steinchen geschmückt und oft waren die religiösen Symbole von Kreuz und PX zu sehen. Gleich am nächsten Sonntag würde hier die Hagelprozession ihren Weg nehmen, so wie jedes Jahr. Sicherlich würde wieder alles wie gewohnt sehr feierlich ablaufen, auch Regen war nicht angesagt, der den geschmückten Sandkuchen hätte schaden können. Am Tag der Prozession, am Anfang der Wallgrundstraße, waren schon die Blasmusikanten zu vernehmen und der Kirchenchor Mariahilf, der würdevoll sein Bestes gab. Die Leute standen rechts und links den Bürgersteigen entlang und verfolgten mehr oder weniger andächtig das Geschehen. Auch die Jungs standen alle draußen, mit ihren *Fluppen* lässig an der Straßenmauer des Bahnhauses eins gelehnt. „Helau, da kütt Karneval!", war der Tenor. Jonni lehnte nicht an der Mauer. Er war in der Wohnung und hatte bei weit geöffnetem Fenster der Küche einen guten Blick über die Mauer hinweg auf den Abschnitt der Wallgrundstraße und der hierzu unmittelbaren Nachbarschaft und auf die Köpfe der Jungs. „*Hier, guckt hier*!", rief er denen zu, als sich der Tross der Prozession langsam in sein Blickfeld bewegte. Feierlich, an dieser Stelle still, nur die Schellen und Glöckchen der Messdiener erinnerten sanft an Anteilnahme und Andacht. Dann, im Moment größter Stille, ertönte aus dem Küchenfenster der Jesses der leise Anfang von „Ya Ya – Lee Dorsey – Original Song" von 1961 und dann begann unermesslich laut mit *voller Pulle* der Song. Im Fenster, einen Fuß auf der äußeren Fensterbank und einen Fuß auf der inneren Fensterbank, war Jonni *am Hocken* und er gestikulierte mit Armen und Händen wild umher, drehte seine Beine und bewegte sein Becken gekonnt wie Elvis. Die Prozession brach ab. Der Lindwurm stand da wie paralysiert. Die Frauen am Straßenrand hielten sich die Hände vor die Augen, die Männer konnten ihr Lachen nicht ganz verbergen und die Jungs grölten und klatschten Beifall. Der Skandal war perfekt. Es war zu sehen, dass Jonni von seinem Vater von den Fensterbrettern heruntergezogen wurde und es war zu hören, dass seine liebe und immer stille und zurückhaltende Mutter ihn dazu ausschimpfte. Dann gab es hemmungslose Schreierei in der Küche der Jesses. Vermutlich auch eine *Arschlage,* wohl jetzt viel härter als bisher, schließlich war Jonni inzwischen dem Mann näher als dem Halbstarken. Zwei Mönche vom Kloster Mariahilf, gleich neben der Kirche gelegen, hatten ihre feierliche Position gleich hinter den Messdienern und hatten das Geschehen im Fenster bestens mitbekommen. Sie erkannten den Jonni wieder. Das war eindeutig. Seinerzeit, als die Kirchenglocken unbefugt in Betrieb genommen wurden, war denen der Rowdy der Beschreibung nach bekannt. Auch später aus erster Hand. Sie verfolgten ihn ja damals, wenn auch vergeblich, auf den Wegen des Klostergartens zwischen den Rhododendronsträuchern, Ligusterhecken und den blühenden Forsythien. Jonni war damals mit ein paar Jungs in den Büschen des Klostergartens eine schmöken und es war absolute Ruhe geboten und die Vermeidung von Rauchschwaden, als sie durch die Blätter und Zweige die beiden Mönche auf einem der Wege wandeln gesehen haben. Jeweils pechschwarz gekleidet. Mit schwarzen Bibeln in der Hand. Mit schwarzen Brillengestellen auf der Nase. Mit schwarzen Haaren. Sie gaben ein heiliges Duo ab, heiliger konnten sie nicht wirken. Auch wohl nicht scheinheiliger, denn sie sprachen hochwichtig, bedächtig und irgendwie übertrieben intellektuell verpackt, über eine banale Bibelstelle: Dass, wer den Sohn liebt, ihn züchtigt. Schon das breite Grinsen von Jonni verriet, dass jetzt was kommen musste. Jonni drückte seine Zigarette mit der Glut gegen einen zwischen Schuh und Hosenbein freiliegenden Fußknöchel von Jögen. Der musste seinen Aufschrei unterdrücken, aber so ganz gelang das nicht. Die Mönche merkten was, blieben stehen.

„Haut ab", zischelte Jonni den Jungs zu, „hier nach hinten weg, los, ich mach das schon!", kommandierte er. Er selbst preschte zwischen den Büschen hervor, erschreckte die frommen Brüder so, dass diese ein lächerliches Bild abgaben und rannte dann auf dem Weg los in Richtung Ausgang, in Richtung Klostertor. Die Mönche fingen sich und nahmen die Jagd auf. Die Jungs konnten sich unbemerkt aus dem Klostergarten entfernen und das Weite suchen. Als sie am Ehreichenplatz ankamen, war Jonni schon da und hatte sich eine neue *Fluppe* angesteckt. Von den Mönchen war nichts zu sehen, nichts zu hören. Jetzt aber, nach dem Skandal bei der Prozession, sollte es eine Abordnung geben, die den Jesses mit dem missratenen Sohn mal ordentlich die Leviten lesen würde.

Jonni stand kurz nach seinem achtzehnten Geburtstag vor Gericht. Ihm wurden schwere Körperverletzung und sexuelle Nötigung eines gleichaltrigen Mädchens vorgeworfen. Die Tat geschah hinter dem Festzelt bei einem Fest des Schützenvereins Ehreichen auf dem Festplatz nahe den Wasserläufen. Nicht nur das wurde vor dem Richter verhandelt. Auch einen schweren Verstoß gegen die öffentliche

Wasserwirtschaft hatte er zu verantworten. Er hatte vor lauter Frust die Schieber der hauptsächlichen Sperrungen der Wasserläufe hochgezogen, die Wassermengen der Brunnenläufe regulierten und umleiteten und damit der Quelle ihre kritische Kraft nahmen. Das Festgelände wurde überflutet. Während sich viele Herbeigelaufene, auch die Jungs, um das weinende Mädchen kümmerten, konnte sich Jonni nämlich zu den Wasserläufen flüchten und so vom Tatort entfernen. Seine umgehende Verhaftung durch einen Polizeibeamten in Zivil, begleitet von zwei Uniformierten, geschah am nächsten Tag, als er von der Arbeit nach Hause kam, und es wurde nicht gerade diskret gehandhabt. Etliche bekamen das mit. Böse Worte begleiteten ihn, als er zum Streifenwagen geführt wurde. Sein Anwalt benannte in guter Absicht Leumundszeugen zugunsten des Angeklagten, aber der Schuss ging nach hinten los. Es kam zur Sprache, dass der Angeklagte auch einmal das Kleingeld von den kleinen Tellerchen einsammelte, die für den Milchmann gedacht und auf den Treppchen vor den Häusern bereitgestellt waren. Jonni bediente sich vor seiner Schicht im großen Radius daran. Auch die Sache beim Bäcker Matschew kam zur Sprache. Jonni fragte höflich und nett die alleinige Bedienung in dem Laden, Frau Matschew, ob er einen Karton haben könne. Für einen kleinen Taubentransport, erklärte er. Hilfsbereit ging sie nach hinten in das Lager, gleich neben der Backstube, um einen Karton zu holen. Jonni nutzte die Gelegenheit und legte sich mit dem Oberkörper soweit auf den Tresen, dass

er unter die Glasabdeckung fassen konnte, wo die Zigarettensorten jeweils zu drei Schachteln für die Kundenauswahl sichtbar lagen. Er griff sehr weit nach hinten. Er wollte sich viele Päckchen einstecken. Durch die fehlende Bodenberührung seiner Beine und durch sein Körpergewicht klemmte sein angewinkelter rechter Arm ein und er konnte sein Delikt nicht mehr verbergen. Anstatt der Frau Matschew kam der Bäckermeister selbst mit dem Karton durch die Schwingtür zum Laden, erst mit freundlichem Gesicht, dann erkannte er was ablief: Jonni bekam gleich eins in die Fresse und wurde aus dem Laden geschmissen. Das hatte schon nichts mehr mit einer *Arschlage* zu tun und von den Jungs war auch keiner mehr dabei. Es kam zudem heraus, dass Jonni in einem Keller des Bahnhauses einst auf einen Mehlsack mit alten Reichsgroschen stieß, auf denen sich noch das Hakenkreuz befand. Mit diesen Groschen machte er die Dreh-Automaten der ganzen Gegend leer, die vollbestückt mit Karamellen, Pfefferminz- und Fruchtdrops und kleinen Schokoladenriegeln waren. Aufgefallen war er dadurch, dass er seine Beute auch an die Kinder verteilte, die zu Hause von dem lieben Jonni erzählten. Dann noch ein Hammer:
Während des laufenden Prozesses wurde dem Vorsitzenden eine rote Akte auf den Tisch gelegt. Neueste Ermittlungen hatten ergeben, dass der Angeklagte ein Auto geknackt hatte und in einen Kiosk eingebrochen war. Seine Beute hatte er in dem vernachlässigten Schrebergartenhäuschen von Motzes Vater ohne dessen Wissen gebunkert. Sein Anwalt

konnte nicht mehr viel für ihn tun, zumal Jonni bei seiner spontanen und einfachen Befragung durch den Richter geständig war. Er erhoffte sich für diese Ehrlichkeit einen Strafnachlass. Alle diese schwerwiegenden deliktischen Ergänzungen zu seinem widerlichen Verbrechen ergaben schließlich, dass das Schöffengericht von einer Bewährungsstrafe absah. Obwohl das „Jugendgerichtsgesetz" teilweise noch Anwendung fand, musste Jonni in den regulären Knast am Orte. Eine Besonderheit in dem Urteil, weil ihm keine Reifeverzögerung zugebilligt wurde. Vier Jahre ohne Bewährung! Das war das Urteil. Es gab keine anzurechnenden mildernden Umstände. Seine Eltern wurden gerügt, dass sie nicht schon einmal eher die Verbindung zum Jugendamt gesucht und nicht die Möglichkeit einer Erziehungsanstalt konkret und zwingend in Erwägung gezogen hätten. Der Sohn habe doch zur Genüge Beispiele seines Fehlverhaltens geboten. Von den Eckenstehern unter der Laterne waren nicht mehr viele zu sehen. Motz, Piepse und Jögen noch so wie immer, ab und zu kamen mal Olli und Hanno vorbei. Dann wurde über die alten Zeiten geredet.

Palle kam neu hinzu. Mit Eltern und einer Schwester zog er in das Bahnhaus eins ein. Sein Vater war bei der Bahnpost. Sein Wagen wurde entweder als erster hinter der Lokomotive angekoppelt oder als letzter am Zug hinten angehängt. „Mal bin ich vorne, mal bin ich hinten", war sein Spruch zu allen Gelegenheiten. Palle war gerade achtzehn geworden. Er träumte von einem Mercedes Cabrio 190 SL, weiß, mit roten Ledersitzen.

Arschlagen wie gekannt, gehörten nun nicht mehr zu den Erlebniswelten. Bis auf eine. Sozusagen zum krönenden Abschluss. Diese betraf Jögen. Diese wurde ihm von Motz verabreicht: „Schläge auf seine *Flunken*. Das schadenfrohe Gelächter ergab sich damit auch noch.

2. Kapitel: Aus der anderen Ecke

Am gelben Briefkasten, im Laternenlicht, waren die bleibenden Spuren auf den Bürgersteigplatten zu sehen. Große und dunkle Flecke. Palle fragte, ob hier ein Schwein abgestochen wurde. „Genau das, richtig geraten", kam von Motz, „das waren damals die Jesses, denen ist das Schwein durchgegangen, als sie es in der Waschküche schlachten wollten. Hier haben sie es eingekreist und abgemurkst. Am helllichten Tag. Die Leute wurden von dem Quieken aufgeschreckt. Alle haben das dann gesehen. Sieh hier, das Blut spritzte aus dem Hals bis hier die Wand hoch. Der Sohn von denen, Jonni, hat zugestochen. Mehrmals." „Alles hier stand dann mit Wannen voll. Die haben von dem Schwein alles da rein gepackt. Auch das Blut da rein laufen lassen. Schwappte viel über. Dann war das Schwein noch einen Tag in der Waschküche zu sehen. *An ne Leiter hoch*", ergänzte Piepse.
„Leck mich am Arsch, Mittelalter hier, auch wie hier alle rumlaufen", rümpfte Palle die Nase.
„Bist was besseres, sehe ich ja an deinem Zwirn, kann auch sein, aber ihr habt jetzt die Wohnung von den Jesses", relativierte Jögen. „Könnt ja mal kommen. Nicht wiederzuerkennen. Den Pferch haben wir *schau* renovieren lassen. Das hat ja da in der Bude gestunken wie Sau", bemerkte Palle und zupfte sich die Ärmel von seinem giftgrünen Seidenblouson zurecht. Olli bestätigte, dass es manchmal bis zu ihnen gestunken hatte, wenn der Wind ungünstig war. „Die haben Schweinefutter im Einkocher auf dem Herd gehabt. Kartof-

felschalen, Runkel und so Zeug. Das zog in die Tapeten und auch in die Klamotten. Konntest um die Ecke riechen, wenn einer von den Jesses hier stand."

„Gibt es hier auch ein paar *anständige Torten?*", wollte Palle wissen. Die gebe es haufenweise, wurde gesagt, aber dazu müssten hier die *Koten* ferngehalten werden, sonst kämen die nicht, die machten nur *lucki lucki* und petzten dann zu Hause rum. Palle erzählte von seinem früheren Viertel im Osten der Stadt. Weberbusch wäre ganz gut gewesen. Er würde sich da wohl noch häufiger sehen lassen, aber seine Kumpel wären auch gespannt darauf, wie es hier am Ehreichenplatz so ist. Er schwärmte geradezu von Hops und Mokka. „Was machst du und die?", wollten Motz, Piepse, Olli und Hanno wissen. „Erst mal ihr", forderte Palle auf.

„Okay, dann mache ich das mal", sagte Olli, stellte sich mehr ins Licht, „also, Motz fängt eine Lehre als Strippenzieher an, Piepse macht Möbelpacker, Hanno ist Bürospritze bei seinem Alten, der macht Versicherungen, Jögen will irgendwann Abitur machen, ist aber schon mal *pappen* geblieben und ich bin Boss hier in der Schlosserei, kann machen was ich will, mein Alter ist schon so gut wie ausgestiegen."

„Ich mache auch Versicherungen", erklärte Palle, „aber das ist nicht alles, ich mische noch mehr wo mit."

Nach Aufforderung sagte er auch was zu seinen Kumpels. Hops arbeite in einer Kneipe. Den nennen sie auch Schleuderjupp. Er habe die Schule geschmissen. Wolle

schneller Geld verdienen. Der koche auch, mache *Schnittchen*, Soleier und so was, alles für die Kneipe, nur bierbegleitende Gerichte, würde er immer betonen. Mokka arbeite vornehm im weißen Kittel, er sei Goldschmiedegeselle im kleinen Laden bei seinem Vater, aber er wolle auch was anderes machen. Die Bezeichnung Schleuderjupp für den Hops irritierte die Jungs vom Ehreichenplatz.
„Wartet ab, ihr werdet den Namen schon kapieren, müsst den kennenlernen, dann habt ihr dazu keine Frage mehr", erklärte Palle, sah dann auf seine auffällige wohl nicht ganz billige Uhr.
„Ich muss rein, pünktlich essen immer bei uns, wir sehen uns."

„Vornehmer Pinkel", bemerkte Motz, als Palle weg war.
„Irgendwie hat der was auf dem Kasten – oder?", fragte Olli die Runde.

Es hatte sich inzwischen wirklich viel um den Ehreichenplatz herum verändert. Aus der vertrauten Bahnschranke wurden zwei Halbschranken. Aus der lauten *Bimmel* wurde ein weniger lautes Signal, was aber durch starke Blinklichter vor den Andreaskreuzen am Übergang unterstützt wurde. Einen Schrankenwärter wie den alten Motterbrink, Motzes Vater, oder den alten Zischke, gab es dort nicht mehr. Die Anlage wurde vom Stellwerk aus automatisch gesteuert. Auch liefen die Bauarbeiten zum Austausch alter Bahnschwellen entlang den Gleisen auf Hochtouren. Nach den

Dampfloks kamen die Dieselloks und nun sollte die ganze Strecke für die neuen E-Loks elektrifiziert werden. Motzes Vater war insbesondere in der Nacht gefordert. Er fuhr jetzt eine der Gleisbaumaschinen, auf denen auch die hydraulische Hubeinrichtung zur Montage der Hochspannungsleitungen aufgesetzt war. Auch wurde auf dem Bahnhofsgelände Richtung Stadtmitte, vom Ehreichenplatz nicht weit entfernt, aufwendig gebaut. Die Planung sah vor, einen Bahnhof nur für den Personenverkehr und einen Bahnhof nur für den Güterverkehr entstehen zu lassen. Ab dem Abschnitt der Bahnschranke am Ehreichenplatz waren nachts die Arbeiten und der langsam rollende Zugverkehr unter Flutlicht zu beobachten. Das in beide Richtungen der Schienenstränge, bis hin zum Bahnhof am höher gelegenen *Pättken* entlang. Dieses hieß übrigens allgemein jetzt *Brunhilde-Pättken*. Sarkastisch, dennoch wurde es mit Humor genommen und war keineswegs böse gemeint. Auf den Doppelgleisen zwischen Bahnhof und der Bahnschranke wurden auch die Züge zusammengestellt. Das Hin und Her des Rangierens, Ankoppelns, Anfahrens und Stoppens der Loks war immer zu hören. Nicht aber immer zu sehen. Das Flutlicht war zu unregelmäßigen Zeiten und ziemlich oft an einem längeren Abschnitt entlang dem *Brunhilde-Pättken* ausgeschaltet.

Motz blieb übrigens nicht verborgen, dass Jögen den Neuen, den Palle irgendwie interessant fand und strengte sich an, dass er wie gewohnt die Nummer eins blieb. Er lud Jögen zu sich nach Hause ein. Keine Selbstverständlichkeit. Es war

schon etwas Besonderes, wenn der eine mal bei dem oder dem war. Schon am nächsten Samstag, vierzehn Uhr, öffnete Motzes Mutter die Tür und ließ Jögen den kleinen Flur betreten. Er konnte die Küche einsehen, auch ein wenig durch die halboffene Türe das Elternschlafzimmer, was nach Art „Berliner Zimmer" direkt anschloss. Alles wirkte eng und klein. Die dicken Federbettdecken auf dem Ehebett und die Türme aus Kopfkissen und Paradekissen schienen dem Raum auch noch das letzte Volumen zu nehmen. Dann stand der alte Motterbrink im Türrahmen des Schlafzimmers. Er richtete sich noch die breiten altmodischen Hosenträger über seinem Unterhemd, das seinen üppigen Bauch wie eine zweite Haut stramm umspannte. Sein Kopf war so rot wie das *ewige Licht*, das über der Schlafzimmertüre dezent flackerte.
„Ohgottogott", stieß Frau Motterbrink hervor, schien peinlich berührt und schob ihren Mann zurück ins Schlafzimmer. Als das Geplärre dann hinter der geschlossenen Türe anfing, zog Motz seinen Freund *ins beste Zimmer*, wie er es nannte. Es war ein kleiner Raum, der noch bescheidener war, als bei den anderen Leuten in dem Viertel. Inmitten vom Kohleöfchen, einem billig lackierten Buffetschrank mit Glastüraufsatz, in dessen Regalen nichts stand und einem durchgesessenen kleinen Sofa an der Wand, war der Tisch platziert, an den Jögen sich nun setzen sollte. Der Hansi, Motzes Bruder, saß schon da. Neben sich am Fuß sein Tonbandgerät, Philips

TK 24 L, verbunden mit einem wuchtigen Kofferradio. Quer unter dem Tisch verliefen die losen Stromkabel.

„Gleich die Top Twenty und kommt nicht an die Kabel", sagte Hansi. Er drehte dann schon das Radio auf, der Lautstärke nach vorerst erträglich. Der alte Motterbrink kam mit einer Bierflasche mit Keramikverschluss ins Zimmer und setzte sich umständlich und schnaufend auch an den Tisch. Die Flasche stellte er griffbereit auf den Fußboden, der mit einem dünnen, ziemlich geschmacklosen Teppichboden beklebt war. Frau Motterbrink stellte sich alsbald ein und setzte sich neben Sohn Motz auf das Sofa. Der Tisch war blank. Weder Getränke noch Knabbereien oder Sonstiges wurde angeboten. Jögen hatte das auch nicht erwartet, jedoch gewundert hatte ihn das schon. Jetzt ergab sich wie nach einem Startschuss ein stetig lauter werdendes Stimmengewirr, in dem die Zuordnung „Wer hat was gesagt" und „Wer hat reagiert" ohne Protokoll kaum mehr möglich war. Die spartanische Einrichtung des Raumes sorgte dazu für einen hallenden Effekt. Begleitet wurde das Ganze durch das für die nach der jeweiligen Ansage abgespielten Lieder der Hitparade. Das mit *voller Pulle*. Hansi hatte wegen der Bedienung des Tonbandgerätes seinen Kopf mehr unter dem Tisch als über dem Tisch. Alle Wortbeiträge waren mehr zu rekonstruieren, als deutlich zu verstehen.

<< Er solle nicht so tun, als trinke er Bier. *Gestritzter* sei darin. Regelmäßig abgefüllt in der Kneipe, in der die *Malocher* alle vierzehn Tage ihre Lohntüten aufreißen würden

und teilweise von ihren Frauen lautstark vom Tresen weggezogen würden, um noch etwas für das Haushaltsgeld zu retten. Du bist schon im *Dilemma*. Was? Delirium heißt das. Da hat der von seiner Schwester eine Arschlage gekriegt. Draußen, vor allen. Weshalb? Der hat von seiner Schwester zwei Schachteln o.b.-Tampons mit auf die Straße gebracht. Die hat er den Kindern, die mit Pfeil und Bogen Indianer spielten, auf ihre vom Holunderstrauch und Weidenbäumchen geschnitzten Pfeile gesteckt. Damit die nicht mehr so eine unkontrollierte Flugbahn hatten. Ja, Trimmung. Was war? Ja, Motz war hinter Franziska her. Die hatten sich verabredet. Die Jungs wollten Motz dabei beobachten und sind ihm heimlich gefolgt. Dann haben die sich bepisst vor Lachen. Was? Warum? Die kam mit ihrem Puppenwagen. Arschloch, das musstest du jetzt erzählen – was? Die sieht ja auch schon ganz entwickelt aus, *Quarktaschen hat se*. Unser Motz fängt bei Felgen an. Dauert nicht mehr lange. Als Stift. Ach so, *Strippenzieher*. Geht das nicht leiser? Nur noch vier Lieder. Ihr habt wohl einen *Salon* bei euch zu Hause – was? Wieso? Dein Vater verdient doch gut, alle da in der Wallgrundstraße, nicht wie hier in den Bahnhäusern. Die lassen ja auch nicht anschreiben. Wo? Bei Matschew. Hat die Frau erzählt. Wie heißt euer neuer Freund? Palle? Wie richtig? Igo heißt der. Den Vater kenn ich schon. Paulerhohn heißt die Familie. Die haben Geld. Wieso? Der kann *nen* Opel Rekord fahren. Gute Möbel. Warst du bei denen schon mal drin? Nein, habe ich gesehen, als die eingezogen sind. Sind wohl Halbseidene. Rede nicht so einen Dünnschiss, sauf nicht so viel. Woher sollen die denn sonst das Geld haben? Der ist doch auch nur bei der Bahnpost im unteren Dienst. Jetzt ist Schluss hier, ich muss noch putzen. Willst du mal unsere Spieluhr hören? *Ave Maria* macht die. Wir haben auch eine, wenn Weihnachten ist, können wir dann *Stille Nacht, heilige Nacht* hören. Mach den Mund richtig auf, wenn du sprichst. Der schämt sich wegen seiner schwarzen Zähne. Du musst nicht immer nur Zuckerrübenkraut fressen. Und lauf nicht immer mit meinem Fotoapparat rum, so als Angeber, hast ja keinen Film drin. Du und deine kleinen Mädchen. Franziska mit dem Puppenwagen und damals mit der kleinen Rieping auf dem Thron >> „Ich muss jetzt weg!", verabschiedete sich Hansi. Der alte Motterbrink wollte von den Söhnen noch wissen, ob sie einmal den Schrebergarten mit dem Häuschen übernehmen wollten, wenn er mal nicht mehr wäre, mit dem weitermachen, was er als Vater aufgebaut habe. Motz hielt sich die Hände vor die Augen. Hansi lachte und machte dem Vater klar: „Du bist echt peinlich, geh in die *Poofe*, sauf nicht so viel, guck mal deine Nase an und jetzt muss ich aber wirklich weg, die Top Twenty sind vorbei." Jögen verabschiedete sich etwas verlegen, gab Motz noch zu verstehen, dass sicherlich heute an der Laterne noch was los ist. *„See you later, alligator.*

„*Watt´ n Tööt hier*", sprach Palle den Jögen an „du bist ja schon verständig, also, läuft hier was mit *Winkies* und so, ich meine mal Feten irgendwo, da ist ja nichts in Sicht – oder?"

„Die dürfen hier nicht so, die Alten passen auf, die gehen vielleicht woanders hin oder das läuft heimlich ab", antwortete Jögen.

„Da muss ich mal welche vom Weberbusch rüber ziehen, Schleuderjupp und Mokka haben da auch einige am Händchen, die bringen die mit, die wollen sowieso bald mal kommen", gab Palle den *Baba* ab. Wo denn die Feten ablaufen könnten, wollte Jögen wissen. Bei ihm zu Hause ginge das auch nicht, erklärte Palle, aber er hätte da so eine Idee, er könne was Interessantes zeigen.

Es dauerte nicht lange, da waren die beiden mit dem Fahrrad unterwegs zu den Kalkbrüchen. Die Kalkbrüche, eigentlich ein dünnbesiedelter Stadtteil ohne Einkaufsmöglichkeiten und Gastronomie, waren in aller Munde. Seine Attraktivität ergab sich durch den im Sommer zu Badefreuden gerne genutzten Baggersee und die vielen festgestampften Erdflächen ringsherum. Dort wurden Völkerball, Brennball, Federball und auch das sehr beliebte *Puzzi* gespielt.

Schon von Weitem waren von der Ausfahrtstraße in Richtung Osten die hohen Türme der Zuschlagstoffe für Kies und Sand zu sehen. Früher wurden ab hier die Bauunternehmen mit Mischungen für den Fertigbeton beliefert. Die ganze Anlage war jedoch längst stillgelegt. Auch an den Lagerstätten für Zement und Kalk war kein Umschlag mehr gegeben. Von der Hauptstraße zweigte eine großzügig angelegte und breite Zufahrt ab. Diese führte zunächst an einem langgezogenen Flachbau vorbei. In dem waren in der Ebene ehemalige Büroräume, Garagen, Lagerräume, Werkstätten und eine Zapfanlage für Diesel, Brennstoff und Treibstoff untergebracht. Fenster zur Straße hin gab es keine. Die beiden Jungs stellten ihre Fahrräder neben dem Eingangstor zu einem der Lagerräume ab. Palle kramte aus seinem Campingbeutel ein Schlüsselbund mit mehreren dicken Schlüsseln hervor und öffnete das angerostete Tor aus Stahl, schwer und quietschend. Das große Vorhängeschloss schien ein neues zu sein. Es blitzte und blinkte in der Sonne. Inmitten dieses Raumes stand ein nagelneuer Mercedes 190 SL Cabrio, weiß mit roten Ledersitzen.

„Meiner", sagte Palle, zeigte sich dabei Jögen gegenüber gelassen und abwartend. Der bekam den Mund nicht mehr zu und ging ehrfürchtig um das Auto herum. Die super Karre sei jetzt angemeldet und vollgetankt. Den Führerschein habe er jetzt und es könne ja dann mal losgehen. *Lulle?*, fragte Palle. Er bot ganz edel aus einem Zigarettenetui eine Astor an. Dann schob er Jögen durch eine unverschlossene Seitentüre in einen anderen Raum. Der wirkte riesig und in den fast bis zur Decke reichenden Regalaufbauten fanden sich Gegenstände aller Art. Schultaschen, Aktentaschen, Küchengeräte, Lampen, Werkzeugkästen, Schuhe und Stiefel, Bücher, Sportutensilien, Dosen mit Farben und Lacken, Lötgeräte, Taschenlampen, originalverpackte Garderobe, Unmengen an Büchern, Unmengen an Damenstrümpfen und Herrensocken, Unmengen an Spirituosen aller erster Güte, Körbe voll mit Schokoladenprodukten und aufgeschichtete

Pralinenschachteln, Kinderspielzeug, bunte Kristallvasen, Konserven, Bestecke und vieles andere mehr, was gar nicht so schnell zu überblicken, geschweige denn zu erfassen war. Alles, was Jögen sichten konnte, war nicht nur neuwertig, es war neu, vieles originalverpackt. Es verschlug ihm die Sprache. Palle schien das zu genießen und drängte zur Rückfahrt nach Hause, so, als wolle er jeder Frage zu alledem ausweichen.

„Eine meiner letzten Fahrten auf dem Drahtesel, den werde ich bald für ein wenig *Patte* verkloppen", betonte er.

Auf der Tour wieder zum Ehreichenplatz, noch auf der Hauptstraße, war Jögen so, als habe er den Opel Rekord von Palles Vater entgegenkommen sehen, sagte dazu jedoch nichts.

„Du kannst mit nach oben kommen", sagte Palle, als sie wieder die Wallgrundstraße erreichten, „ist keiner da."

Die Wohnung war zu bestaunen. Kein Vergleich zu den anderen Wohnungsgestaltungen und Einrichtungen in den Bahnhäusern. Sogar das kleine, aber gut und schön kreierte Bad, war mit allen modernen Sanitärelementen ausgestattet. Die geschmackvollen Wandanstriche der Wohnung, kombiniert mit Textiltapeten der französischen Art, vermittelten in ihrem Ton-in-Ton-Arrangement ein so luxuriöses wie beruhigendes Ambiente. Dem Eindruck nach dürfte ein Innenarchitekt am Werke gewesen sein. Das Mobiliar war modern und im Gegensatz zu dem, was sonst so zu sehen war, nicht erdrückend. Die Türen von Wohn- und Schlafzimmer waren ausgehängt, auch die Türe vom Flur zur Küche, damit „die Visitenkarte" schon gleich gut zu sehen war. Die perfekte Wohnküche. Auch hierin mangelte es nicht an interessanten und gerahmten Bildern an der Wand. „Dein Zimmer?", fragte Jögen neugierig. „Oben, Mansarde, geht hier nicht anders. Übrigens gleich neben dem Piepse. Irgendwie hat der aber eine Muffelbude."

In Palles Reich fehlte es an nichts. Barschrank, französisches Bett, zwei kleine moderne Cocktail-Sessel, Rauchtischchen, intime Beleuchtung und eine den Raum völlig ummantelnde Motivtapezierung mit James Dean und seinem Sportwagen, ansprechend in schwarzweiß gehalten. Jögen war überwältigt. „Halbseidene", hatte doch der Vater von Motz, der alte Motterbrink, gesagt. Das fiel Jögen ein und er steuerte direkt mit seinen Fragen drauflos. Palle betonte, jetzt einer vom Ehreichenplatz zu sein, wo keiner den anderen verpfeife. Er beantwortete alle Fragen voller Vertrauen: Er mache ja in Versicherungen, was *gute Schnitte* bedeuten würde. Er sei nicht nur so *auf Törn*, wie so *manche Nase*. Er *verticke* von Kranken- bis Lebensversicherungen alles, was so angeboten würde. Auch kümmere er sich manchmal um Finanzierungen. Das für Leute, die weniger kreditwürdig seien. Makeln würde er auch. Für alles habe er sich als Selbstständiger beim Finanzamt eintragen lassen. Seine besten Abschlüsse mache er mit den *Torten*, von denen er auch welche ins Bett kriege. Von den Provisionen für alles das ließe sich gut leben. So habe er auch locker das Geld für seine Karre zusammen gekriegt, die er spätestens ab dem Frühjahr auch hier parken würde.

„Können deine Kunden denn immer monatlich ihre Prämien an die Versicherungen bezahlen?", wollte Jögen wissen, denn das Thema war bei vielen latent, auch bei ihm zu Hause. Das sei alles kein Problem, beschwichtigte Palle. Nach einer gewissen Zeit blieben ihm die Provisionen, es sei dann nichts zurückzuzahlen und mit neuen Provisionszahlungen könne er ja auch der einen oder anderen guten Kundschaft aushelfen. Das Geld dafür käme eben dann von neuen Provisionen.

„*Patte satt*!", rief er euphorisch aus und steckte sich lässig eine neue *Puste* an.

„Dein Vater ist irgendwie auch ein richtiger Macker", bemerkte Jögen, „passt gar nicht zu seinem Job bei der Bahn."
Palle erklärte, dass der sein eigenes Ding mache, damit viel Geld verdiene. Der habe das komplette Gelände mit dem Gebäude an den Kalkbrüchen einschließlich Baggersee gepachtet.

„Wozu und was kostet die Pacht?", wollte Jögen wissen.

Er erhielt erstaunliche Informationen. Der Vater, der alte Paulerhohn, sei früher einmal bei der Kiesgrubengesellschaft als Anlagenfahrer für die Betonmischanlagen beschäftigt gewesen. Erst nach Stilllegung der ganzen Sache sei er der Not gehorchend zur Bahn gegangen. Aber er habe dann parallel dazu ein besonderes Angebot der Kiesgrubengesellschaft angenommen. Das wäre sogar der Vorschlag vom alten Paulerhohn selbst gewesen. Er konnte das gesamte Areal mit allem Drum und Dran pachten, das sogar zum Nulltarif. Er musste sich allerdings verpflichten, für einige Dekontaminierungen auf dem Gelände zu sorgen und auch für die Demontage der Stahl- und Eisenkolosse des Förder- und Baggersystems und der vielen Gleisanlagen mit den Loren drauf. Der so entstehende Schrott wäre bares Geld wert. Er wurde verpflichtet, ein Drittel der Verkaufserlöse der Kiesgrubengesellschaft zuzuleiten, die im Gegenzug für ein Vorkaufsrecht für Paulerhohn und seinen mit einem Vorvertrag geregelten Erwerb des Areals diese Zahlungen anrechnete.

„Hat dein Alter das etwa jetzt gekauft?", fragte Jögen neugierig. Sein neuer Freund glänzte trotz seiner jungen Jahre wie ein Manager: „Hat er, neulich, allerdings mit meiner Hilfe. Durch die Schrottverkäufe kam nicht alles zusammen, aber die laufen ja noch, so als Sicherheit, deshalb konnte ich ein Darlehen vermitteln. Das alles da gehört jetzt uns." Dann führte er weiter aus, dass die Arbeiten dort von billigen Gelegenheitsarbeitern durchgeführt würden. Auch das Warenlager habe schon jetzt einen tollen Umschlag und der Laden solle auch tagsüber bis spät am Abend geöffnet sein. Der sei eben günstig gelegen, ideal für einen Abholmarkt für Schnäppchenjäger und die belebte Ausfahrtstraße würde auch Garant dafür sein, dass die weiteren Vorhaben nichts anderes als Erfolg bringen würden.

„Noch mehr?", staunte Jögen. Palle war in seinem Element. Bis zum Sommer solle einiges dort auf dem Gelände der Kalkbrüche eingerichtet sein. Das Geschäft mit dem Metallschrott solle derbe gesteigert werden. Dann für eine Beatband ein Übungsraum, vielleicht sogar mit Tonstudio, ein Café mit Imbiss, was der Schleuderjupp betreiben würde, auch eine Werkstatt, in der ein Holzwurm aus Bayern Flöße mit Sonnendeck und kleiner Umkleidekabine für Badefreunde zurechtzimmern würde, auf denen auf dem Baggersee herum geschippert werden könne und vielleicht später auch eine Tankstelle, was aber noch mit den Mineralölgesellschaften verhandelt werden müsse.

„Im Sommer brummt es da und dann *is voll* Cabrio fahren und Party", gab Palle dem Jögen noch mit auf den Weg, als der sich ziemlich irritiert verabschiedete.

„Richtige Unternehmer, die irgendwann mit dicken Autos ausgestattet sind und piekfein mit dicken Zigarren durch die Gegend laufen", hatte Jögen vor Augen.

Sie kamen wieder zum gelben Briefkasten. Im Dunkeln ist gut munkeln. Die Laterne gab wieder nur fades Licht. Olli, Schmuddelflunke, Motz, Jögen, Popp, Piepse, Hanno und jetzt auch Palle mit seinen Kumpels Schleuderjupp und Mokka. Einige alte Geschichten wurden aufgewärmt und dabei wurde gequalmt, was das Zeug hielt. Immer hatte einer von denen eine *Fluppe* im Mund. Es war schon kalt draußen. Die Kragen der Mäntel und Jacken waren hoch.

Schals waren um die Hälse gebunden, Mützen aber waren verpönt. Keiner trug eine.

Als sie damals den Bahndamm der Privatbahn in Brand steckten, gleich nach dem misslungenen Rendezvous von Motz mit der Franziska, wo er der Lächerlichkeit preisgegeben war, stand Jögen mit seinen neuen Turnschuhen dicht an den Flammen, unbemerkt auch in der Glut. Die Schuhe kokelten an und es loderten auf den Schuhspitzen schon die Flammen.

„Ich rette dich!", hatte damals Motz gerufen und mit einem Holzstück unangemessen und rücksichtslos hart auf die *Flunken* von Jögen eingetrimmt. Er hatte so für Jögens damaliges Gelächter darüber und dass er es weitererzählte, seine Rache gefunden, sich so revanchiert. Wieder einmal war das übliche Gelächter von der Laterne aus zu hören.

„Mal was anderes", unterbrach Palle die ausgelassene Runde und sprach Motz direkt an:

„Dein Vater *päst* hier besoffen durch die Gegend und faselt was davon, dass mein Vater und ich Gangster seien. Irgendwie hat der wohl seinen letzten Verstand verloren und sogar über meine Mutter redet er schlecht. Sie sähe mit den von ihr angelegten dicken Klunkern aus wie ein geschmückter Tannenbaum. Der tickt wohl nicht ganz sauber!"

„Lass mal Palle", sagte Motz nachdenklich und auch leise, „der liegt im Krankenhaus, Leberzirrhose, mit ihm geht es wohl zu Ende." Keiner sagte etwas dazu. Jeder schien davon überrascht zu sein, dass Motz das vorher nicht berichtet hatte. Jögen sagte auch nichts, merkte jedoch auf. War da was dran, was der alte Motterbrink vorher schon andeutete? Hat das was mit der ganzen Familie Paulerhohn zu tun? Etwa etwas mit den Kalkbrüchen und den Aktivitäten von Vater und Sohn dort oben?

Er war jetzt angespitzt und er würde ab jetzt in der ganzen Sache sehr aufmerksam sein.

„*Heldengedenktag* ist klar Leute, da gehen wir auch alle zum Friedhof – oder?", warf Popp ein. Den Neuen wurde erklärt, dass sie das Spucki, Adolf und Manni schuldig seien und es wurden ihnen diese Jungs beschrieben.
„Ja, da müssen wir hin, ist ja bald, vielleicht muss ich auch schon wegen meines Vaters dabei sein, sieht ja ganz so aus", stellte Motz nüchtern fest. Einige wurden zum Abendessen gerufen. Der Abend war damit gelaufen.
Mokka überraschte. Er holte ein am Baum des Ehreichenplatzes angelehntes Moped, ließ die nagelneue Zündapp kurz bestaunen und machte Anstalten, davon zu fahren. Schleuderjupp zappelte noch auf seinem Fahrrad herum und hielt sich dann an Mokkas Schulter fest. Das Gespann verschwand wackelig, aber auch schnell über die Bahnschranke hinweg. Palle kannte die beiden Typen ja gut, bezeichnete sie auch als seine Freunde. Die anderen Jungs jedoch empfanden eine gewisse Skepsis denen gegenüber. Dieser Schleuderjupp, auch nach seinem Familiennamen Hoppenmeier, Hops genannt, fiel durch seine ungebremste Nervosität auf. Er redete laut, hektisch, ohne Zusammen-

hang, mischte sich sprunghaft bei jedem in ein Gespräch ein, wusste alles besser. Er hielt dabei kaum eine körperliche Distanz ein. Alle machten so ihre Erfahrungen mit seiner wirklich nicht angenehmen feuchten Aussprache. Diese war schon fast wie Spucken. Er war drahtig, hatte dünne Lippen und Hasenzähne, steckte als dünnes Elend in seiner blauen Jeans mit eingenähtem weitem Pepitaschlag und gehalten von einem breiten Gürtel mit großer Schnalle. Sein schmales Gesicht wurde von seinen blonden Haaren mit krauser Frisur auffällig betont und ein exakt gezogener Scheitel gab seiner Figur ein weniger symmetrisches Bild.

„Komische Type", war der Tenor. Mokka hingegen war schweigsam. Wenn er sprach, dann nasal. Schon fast pathologisch. Aber er wirkte sympathisch. Ruhig, etwas verschmitzt, großzügig im Anbieten von *Fluppen* und stets lächelnd. Gutaussehend war er, dunkler Typ. Enganliegende dunkle *Matte* und mit Zahnspange, die beim Sprechen charmant silbern reflektierte. Seine schöne Armbanduhr war gewiss auch nicht billig.

Am nächsten Tag war es am Ehreichenplatz das Thema: Jonni sei aus dem Knast ausgebrochen. Schon seit Tagen werde nach ihm gefahndet. Er sei mit einigen anderen Gefängnisinsassen in einem extra Lagerblock mit dem Füllen von Matratzen mit Wolle eingesetzt gewesen. Beim Zählappell nach Dienstschluss wären alle da gewesen, nur Jonni nicht.

Die alte Truppe vom Briefkasten war von dieser Art Lebenszeichen von ihm begeistert, verurteilten jedoch einhellig seine letzte Missetat „Diese Brutalität wird ihm wohl lebenslang nachlaufen, der kriegt dafür wohl noch die Quittung, vielleicht sogar erst in vielen Jahren, aber er kriegt sie", sagte Palle, der den Jonni nur vom Hörensagen kannte. Der Satz hätte von Barni Jesse kommen können, dachte Jögen, der sprach ja häufiger davon, vernünftig sein oder vernünftig werden zu müssen, und erkannte, dass dieser Palle, noch unbemerkt, die Führungsrolle in der Truppe übernommen hatte. Ein gewisser Übergang spielte sich ab, ein Übergang von jugendlichem Hang zum Blödsinn zum passenden Verhalten von Erwachsenen. Palle wurde das Bindeglied, egal, ob von ihm kalkuliert oder nicht. Es wunderte auch niemanden, dass der für alle die Fahrt zum Friedhof am Heldengedenktag organisierte. Olli war dann der Fahrer des Bullis seiner Schlosserei, in dessen Laderaum einfache Küchenstühle gestellt wurden. Palle saß auf dem Beifahrersitz, ganz der Boss. Seine neue Wildlederjacke von Bugatti dürfte mindestens *zwei Riesen* gekostet haben. „Nehmt euch *ne* Puste", sagte er, „*frische Aktive*", dann reichte er die Schachtel Astor nach hinten zu den dichtgedrängten Jungs. Der Tag war geprägt von Raureif und bitterer Kälte. Sie standen dann vor der Friedhofskapelle und hörten der Ansprache eines Geistlichen zu und dem dann noch anschließend von einer Bläsergruppe gespielten Lied *Ich hatte einen Kameraden*. Dann gingen sie diszipliniert und feierlich die nicht weit auseinanderliegenden Gräber ihrer Leute ab.

Geredet wurde kaum was. Die Bemerkung von Motz rüttelte jedoch alle ein wenig auf, als sie zum Grab seines Vaters, des alten Motterbrinks, angelangt waren:

„Ja, ja, << In lieber Erinnerung, Deine Familie >>. Dort sollte was anderes stehen, das von Millowitsch. << Schnaps, das war sein letztes Wort, dann trugen ihn die Englein fort >>."

„Lass mal Motz", sagte Popp, „wenigstens hat der euch nicht geprügelt und die Möbel zerdeppert wie manche andere Saufköppe bei uns." Am Grab von Adolf Jesse trafen sie auf die ganze Familie Jesse, die sich dort still eingefunden hatte. Die Jungs fragten auch nach Jonni. „Wo der ist, wissen wir nicht", sagte die Mutter, „aber ich denke, der ist ganz in der Nähe, kommt aber wohl nicht zum Grab, jedenfalls jetzt nicht, denn die Polizei hat hier einen zur Beobachtung." Palle gab das Zeichen zum Abmarsch:

„Wir fahren noch hoch zu den Kalkbrüchen, will was mit euch besprechen, Hops und Mokka kommen auch dahin oder sind schon da."

Für die Jungs überraschend wurden sie von Palles Vater empfangen und angewiesen, gleich in eine der Lagerhallen zu fahren und den Bulli abzustellen. Der alte Paulerhohn führte dann mit seinem Sohn durch alle Räumlichkeiten und über alle Flächen des Areals. Gemeinsam mit seinem Sohn erläuterte er dabei kurz die Vorhaben und sprach unumwunden aus, dass alle jetzt mit anpacken könnten und mit dabei sein könnten, wenn derbe *Patte* gemacht würde und es ginge dabei nicht um ein paar *Tacken* oder *Füchse*. Es würde alles renoviert, piekfein gemacht, jeder Raum, alles bestens eingerichtet, Heizungen eingebaut und die sanitären Anlagen auf modernen Stand gebracht, mit Kacheln, mit beleuchteten Spiegeln, ja, alle Räume. Auch würden zwei bis drei Wohnungen drauf gebaut werden, könnten ja dann gut genutzt werden, von wem auch immer. Dann kamen die Besucher in die größte Halle, die auch Jögen noch nicht eingesehen hatte.

Die Jungs entdeckten Mokka und Hops. Dort stand der Opel Rekord vom Paulerhohn, der 190 SL von Palle und zwei weitere Autos, ein Audi Coupé und ein Ford Capri.

„Meiner", sagte Mokka und zeigte auf den Audi. „Meiner", sagte Hops und zeigte auf den Ford. Beide hatten die Jungs mit Moped und Fahrrad erwartet. Jögen spürte, dass die ganze Präsentation gut durchdacht und inszeniert war, aber noch war er sich dessen nicht sicher.

Jetzt redete Palle Klartext: Das Warenlager würde weiter ausgebaut werden. Ein Abholmarkt solle entstehen. Eine Räumlichkeit sei für ein Café mit Imbiss reserviert. Eine Halle würde an die hiesige Profi-Band, Strong South Rock, vermietet. Dort könnten sie üben, ihre Instrumente lassen und vielleicht später sogar ein eigenes Tonstudio einrichten. Eine freie Werkstatt für Autos und Motorräder sollte entste-

hen, vorausgesetzt, es findet sich ein Interessent dafür. In der noch weiter zur Verfügung stehenden Halle würden Flöße für den Baggersee gebaut, gewartet und ab dort vermietet werden. Mit Sonnenschirm drauf, mit Grillvorrichtung und so. Einer nimmt das in die Hand, den hätten sie schon. Im Sommer würde der schon loslegen wollen. „Wir brauchen vertrauenswürdige Kumpel, die mithelfen, die aufpassen, die was regeln können und die mit Menschen umgehen können", sagte Palle und ergänzte, dass alle Beteiligten überwiegend gleich in die Hand bezahlt würden, eben bis auf Fachbetriebe, da ginge das nicht. Mokka würde übrigens das Lager übernehmen. Hops das Café und den Imbiss.
„Jungs, überlegt ob ihr mitmachen wollt, ihr wisst, wo ihr mich findet, es gibt dann für jeden was zu tun", sagte Palle.
Noch sprachlos gingen die Jungs vom Ehreichenplatz zum Bulli zurück. Palle begleitete sie, wollte aber noch nicht mit zurückfahren, er hätte mit seinem Vater noch was zu tun. Plötzlich tauchte draußen eine ganze Horde junger Männer mit ihren Zündapps, Kreidlers und auch schon stärkeren Motorrädern auf. Mit ein paar ihrer Nylonhexen auf den Sozien wurden halsbrecherische Kickstarts geübt. Das Geknatter war ohrenbetäubend.
„Für die und ihre *Hobel* tun wir auch was!", rief Palle laut den Jungs zu, als diese in den Bulli einstiegen.

Sturmklingeln tief in der Nacht. Der Vater von Jögen drückte den Türöffner, die Mutter stand aufgebracht im Nachthemd da. Unten im Flur rief einer hoch, dass er dringend Jögen sprechen müsste. „Los, kläre das, ein Idiot steht da unten für dich", wurde Jögen geweckt, „Ich glaub, da muss doch die Polizei gerufen werden." Auf diese Weise so richtig flott gemacht, hetzte Jögen die Treppe hinunter. Da stand der Mokka, offensichtlich angetrunken. Der laufende Motor seines Autos war zu hören.

„Nur ganz schnell", sagte er, „kannst du morgen Abend zu einer Party bei Hops kommen, so um acht, *Torten* sind auch da, wir möchten auch was mit dir besprechen, also geht das?" Jögen sagte sofort zu, er wollte kein längeres Gespräch führen, denn er wollte schnell für die gebotene Ruhe im Mietshaus sorgen. Er hörte, dass schon andere Mieter ihre Wohnungstüren geöffnet hatten. Mokka hinterließ dann noch einen Zettel mit der Adresse und rauschte ab. Es hat schon eine Zeit gedauert, bis sich die Eltern von Jögen nach seinen verharmlosenden Erklärungen wieder beruhigten.

Am nächsten Tag stand Palle mit seinem 190 SL gegen Mittag vor der Schule von Jögen. Er hatte auf ihn gewartet. Das Verdeck des Wagens hatte er zurückgeklappt und so war er auffällig hinter dem Lenkrad seines Cabrios zu sehen, auch wegen seines Pelzmantels aus echtem Nerz.
„Ja, ich weiß, ist ein Frauenmantel", sagte er lachend zu Jögen, als der mit seinem Fahrrad angeschoben kam, „aber bei heute sechzehn Grad ist damit ganz gut fahren."
Jögen zeigte sich verdutzt.
„Ich habe wenig Zeit, muss gleich weiter", erklärte Palle, „aber du bist ja heute Abend auf der Party in meiner alten

Ecke, wollte dir nur viel Spaß wünschen." Dann zückte er einen Fünfziger und gab ihn Jögen. „Das kann ein Schüler ja wohl gut gebrauchen und fahre heute Abend Taxi, dann *kannste* auch *ne Kanne* trinken, und grüße Mokka und Hops von mir, ich bin ja heute Abend nicht dabei."
Eigentlich wollte Jögen noch etwas sagen, besser gesagt, etwas fragen. Palle hatte aber schon den ersten Gang eingelegt und fuhr los, einen Arm noch freundschaftlich hochgestreckt. Für den Rest des Tages war an Schularbeiten nicht mehr zu denken. Jögen war schon im Partymodus und gedanklich damit gebunden, sich seiner entsprechenden Garderobe zu widmen. Schließlich würden ja auch Mädchen dabei sein und deshalb sollte schon alles passen. Er hatte auch vor Augen, dass Mokka und Hops klamottenmäßig gut drauf waren und er wollte mindestens gleichziehen.

Mit dem Taxi vorgefahren, klingelte er pünktlich um acht am einzigen Klingelschild bei Hoppenmeier. Dröhnend laute Musik war zu hören. Mokka öffnete die Haustür:
„Komm rein. Hops hat schon reichlich gebechert, der wälzt sich nur noch auf der Liege herum. Der macht heute nichts mehr kaputt. Gut, dass du da bist. Ich sitze da mit drei *Frauen*. Du musst dich gleich mal kümmern, nicht, dass die noch abhauen."
Eine der jungen Frauen drehte den Verstärker leise, als Jögen mit Mokka in Hops' Zimmer kam. Zu Mokka gewandt sagte sie: „Oh, wie niedlich euer neuer Freund und noch so jung."

Hops schien von den Toten auferstanden zu sein und torkelte zum Verstärker, um diesen wieder aufzudrehen. Dann wurde getrunken, geraucht und auch mal getanzt, später auch geknutscht und auch gefummelt, als Hops meinte, bis auf eine Kerzenbeleuchtung jegliches Licht auszumachen zu müssen. Schon nach kurzer Zeit war „Du Idiot, machst mir nur die Strümpfe kaputt und verbrennst mich auch" noch von einem der Mädchen zu hören. Das war Hops, das war Schleuderjupp wie er leibt und lebt. Sie knipste das Licht wieder an und schnappte sich erbost vom Garderobenhaken im Flur ihren Mantel, um zu gehen. Sie forderte ihre Freundinnen auf, gleiches zu tun. Etwas widerwillig, aber dann doch einlenkend, kamen die Freundinnen diesem Verlangen nach. Mokka fragte aufgeregt, was denn passiert sei. Jetzt war zu erfahren, dass Schleuderjupp mehr spucken als knutschen würde, sich grob an der Strumpfhose zu schaffen machte und dann auch noch bei einem erneuten Knutschversuch vergessen hatte, seine brennende Zigarette aus dem Mund zu nehmen. Der Abend war gelaufen. Hops kippte sich noch den großen Rest aus einer Flasche Izarah rein, einem türkischen Likör, dem eine aphrodisierende Wirkung nachgesagt wurde. Damit war er wirklich erledigt und fiel wie tot auf die Liege.

„Wir müssen uns mal unterhalten", sagte Mokka zu Jögen, „hier, nimm *ne Lulle* und komm, wir trinken noch *ne Kanne* Bier." Etwas umständlich, dennoch klar zu verstehen, erläuterte er, was er auf dem Herzen hatte. Die Sache sei die: Er würde mit Palle eng zusammenarbeiten. Damit würde er gut fahren. Hops übrigens auch. „Können wir jetzt hier bleiben?", unterbrach Jögen, „was ist mit Hops' Eltern?" „Mach dir keinen *Kopp*, die sind hier einiges *an action* gewohnt, die sind auch wohl schon in der Falle, wir sind ja auch jetzt leise", bemerkte Mokka. Er wolle mal bei Jögen vorfühlen. Palle habe sich das so gedacht. Es ginge darum, dass sie Leute bräuchten. Sie hätten einiges vor. Sie wollten nur welche besorgen, denen zu vertrauen wäre, welche, die zuverlässig und handfest seien, die Geld verdienen wollten, am besten welche, die Geld auch benötigten. Sie dächten da an welche vom Ehreichenplatz. Palle wäre an Jögens Meinung interessiert, bevor er sich mit einigen von denen näher einlassen würde, die selbst ansprechen wolle. Jögen mache schlichtweg den intelligenteren Eindruck, obwohl er ja um einiges jünger sei als die anderen. Palle sei ja jetzt auch einer vom Ehreichenplatz. „Ich kann mich mit Hops da auch gut einfühlen", betonte Mokka. Es ginge also darum, dass Jögen bei den Jungs mal ein bisschen Reklame mache, mal testen solle, wer da anspringe, wenn es darum gehe, mal richtig Geld zu verdienen, gutes Geld für gute Arbeit, so in die Hand, so als gute Nachbarschaftshilfe, was doch viele machen würden. Dann wurde er konkret. Oben in den Kalkbrüchen spiele die Musik. Die wären ja für keinen vom Ehreichenplatz weit weg. Es ginge um handwerklich gekonnte Arbeiten, aber auch viele andere Arbeiten, die jeder könne. Es ginge um Bauen, Einrichten, Verkaufen und auch um

Schrottbearbeitungen. Noch mehr, irgendwie ginge es um alles. Jögen warf ein, dass er da nicht mithelfen könne, weil er gar keine Zeit habe, sich dort einzubringen. In der Schule müsse er kämpfen, um das nächste Klassenziel zu erreichen, und dafür sei er auch ziemlich auf sich alleine gestellt, es gebe da keine Hilfe für ihn. Die Klassenkameraden wohnten alle zu weit weg.

„Du weißt, was du willst, dein Vorteil, das merken wir, das ist wirklich gut so", unterstrich Mokka, „gerade deshalb brauchen wir dich ja, du sollst da ja auch nicht malochen, nur vermitteln, ab und zu mal aufpassen und so, Palle will nur zu Anfang ein paar Gespräche über dich laufen lassen", ergänzte er dann mit feierlicher Betonung, „du hast dann auch einen festen Platz *am Pott*, bekommst fein *Patte*." Dann kam noch ein Leckerbissen. Wolle er den Führerschein machen, würde der bezahlt werden. Nach dem Hinweis, dass er den bereits von seinen Eltern zugesagt bekommen habe, lockte Mokka damit, dass er immer mal ein Auto geliehen bekäme, wenn er es wolle, immer für längere Zeit, Benzin und andere Kosten dafür seien kein Thema. Jögen willigte ein. Er fühlte sich geehrt. Sein anfänglich mulmiges Gefühl ging weg. Was sollte denn auch schon sein? Mit den Kumpels reden sei keine große Sache. Er hatte auch schon vor Augen, wen er ansprechen würde und überhaupt wie. Er müsse auch alle Jesse-Brüder finden, ging ihm durch den Kopf. Mokka beendete die Besprechung, versuchte noch Hops wachzurütteln, aber vergeblich, löschte dann Kerze und Lampen. „Du kommst noch mit mir rüber, ich wohne nebenan, ich rufe dir ein Taxi", sagte er als beide die Wohnung verließen und er sorgfältig die Haustür hinter sich zuzog. Im Taxi fühlte sich Jögen nach diesem Abend ganz gut. Zu Hause bekam er Lob, weil er nicht ganz so lange weg war und wohl auch nicht so viel getrunken hatte. Das wäre wegen der Schule sicherlich auch geboten gewesen und zeige, dass er doch ein ganz vernünftiger Kerl sei. Es war gerade mal elf vorbei.

Schon früh morgens stand Palle gegenüber von Jögens Vorgartentür und winkte ihn an den gelben Briefkasten heran, als Jögen auf sein Fahrrad aufsteigen wollte. Er fragte ihn, wie es denn gestern Abend gelaufen sei. Gut sei es gelaufen, gab Jögen von sich und monierte kurz, dass die *Frauen* jedoch abgehauen seien. Palle lachte. „Muss an Schleuderjupp gelegen haben – oder?", stellte er fragend fest. „Ja, so ist es", bestätigte Jögen, „aber ich gehe die Sache an, dauert noch ein wenig." Als er sich in Bewegung setzte, war ihm so, dass Palle gar nicht davon ausging, dass er nicht interessiert sei und absagen würde. „Denk dran, Frühjahr soll schon da oben einiges angeschoben sein!", rief Palle laut hinter ihm her, als er in Richtung Bahnschranke davon radelte. Eine richtige Aufgabe war das für Jögen. Es galt, die Jungs zusammenzutrommeln, sie für die Kalkbrüche zu gewinnen. Es war naheliegend, als erstes den Motz anzusprechen. Mit dem hatte er von allen wohl bisher die meiste freie Zeit verbracht und nicht nur Spaß dabei gehabt, ganz im Gegenteil, es gab auch ernste Gespräche über Gott und die Welt. Motz war oft nicht in der Lage, seine Gedanken in brauchbare Worte zu fassen, aber es war stets erkennbar, was er meinte und dumm war er keinesfalls. Er stellte Fragen, wenn ihm dieses oder jenes im Beisammensein der Eckensteher aufgefallen war. Jögen wollte die Sache beschleunigen, diese gemäß seiner Zusage erledigt haben und hatte dazu auch die Idee. Er berichtete seinem Freund ausführlich von Palles Angebot und auch, dass Mokka ihm alles erklärt hat. Motz solle die Jungs ansprechen, einen nach dem anderen, damit die sich dann mit Palle oder Mokka selbst unterhalten könnten. Er würde sich um die Jesses kümmern, obwohl er momentan keine Ahnung habe, wo die alle abgeblieben sind. Das müsse aber wohl herauszubekommen sein. „Weil die was drauf haben – oder?", wollte Motz bestätigt haben. „Ja, klar, mit denen kommt doch einiges zusammen", bemerkte Jögen, „da haben wir *nen Zimmermann, nen Autoschlosser, nen Fahrer*, aber was Franz macht weiß ich nicht, jedenfalls kann der aber zupacken." „Und Jonni?", gab Motz von sich. „Kannst du vergessen, auf der Flucht denke ich, der hat wohl jetzt andere Sorgen", stellte Jögen klar. Motz war Feuer und Flamme. „Ich bin auch dabei!", betonte er. „Ja, kannst *Strippen ziehen*", lachte Jögen, „kannst *Patte* machen."

Beim Abendessen erwähnte Jögens Vater, dass die Gleisbauarbeiten entlang dem *Brunhilde-Pättken* abgeschlossen seien, es gebe da endlich wieder Beleuchtung. Warum das vorher nicht so war wie immer, erschließe sich ihm nicht. Da hätte die Stadtverwaltung ohnehin auf dem Weg Laternen aufstellen müssen.

„Arme Liebespärchen, vorbei, vorbei", sagte er dazu abschließend. Dann horchte Jögen auf: Seine Mutter habe Jonni gesehen. Auf dem Markt. Beim Kartoffelbauern, bei dem mit dem Holzbein, da habe er gestanden und geraucht. Vielleicht würde der bei dem arbeiten. Jedenfalls habe er in einem blauen Arbeitsanzug gesteckt, auch wohl was in einen Bollerwagen gepackt.

„Wann war das?", wollte Jögen sofort wissen.

„Gestern erst, kurz vor Marktschluss", antwortete die Mutter. Jögen dachte, für einen, der auf der Flucht sei, wäre das ganz schön mutig dort so rumzulaufen. Donnerstags und samstags sind die Markttage. Samstag würde er dort hingehen, die Schule wäre ja nur bis elf. Vielleicht sähe er Jonni.

Am gelben Briefkasten warteten sie gespannt auf Palle, Mokka und Hops. Die drei kamen zusammen zum Treffpunkt. Sie hatten sich vorher wohl bei Palle im Mansardenzimmer getroffen. Sie verkündeten kurz, dass alle am nächsten Abend zu den Kalkbrüchen kommen sollen. Dort würde eine wichtige Besprechung stattfinden. „Fahrt wieder alle mit Olli", sagte Palle, „ich habe schon mit ihm geredet – das geht klar." Olli nickte zustimmend. Mokka ergriff das Wort und erläuterte, dass es jetzt wirklich bald losgehe. Es sei eine GmbH gegründet worden. MPH-Stationen GmbH sei der Firmenname. Auf die allseitige Frage hin, was der Name besage, erklärte Palle, dass das M für Mokka stehe, das P für seine Wenigkeit und das H für Hops. Die Firma würde jedoch ihm und seinem Vater allein gehören.

3. Kapitel: Das Unternehmen

Es war in der Halle nichts vorhanden, was als Sitzgelegenheit hätte genutzt werden können. Nur in der Mitte befand sich ein schäbiger Küchentisch und ein neuer, ansehnlicher Chefsessel auf Rollen und auf dem saß Mokka. Auf einem Aktenbock neben ihm gab es ein Telefon, dessen Schnur kerzengerade zu dem Oberlicht an der Decke führte. Die Schnur dürfte wohl noch einiges an Metern länger gewesen sein, damit sie irgendeinen Telefonanschluss in einer der benachbarten Hallen erreichte. Auf dem Tisch lag nichts weiter als ein leerer Ordner und ein welliger vergilbter Notizblock mit Kugelschreiber. Um diesen Tisch herum versammelten sie sich. Die nicht vollständig intakte Deckenbeleuchtung warf ihr Licht so zu Boden, dass jeder auf den Schatten des anderen treten konnte. „Hier entsteht das Café mit dem Imbiss", eröffnete Mokka die Besprechung, „Hops wird sich kümmern, er sorgt auch für die Gaststättenkonzession, die auf seinen Namen eingetragen wird." Dann ergriff Palle das Wort:
„Das hier wird der Mittelpunkt des ganzen Komplexes sein, hier fangen wir an, es wird schneller fertig sein, als erwartet, weil wir eine Einrichtung für den Café-Betrieb komplett übernehmen können, von einem Pleitegeier, noch so gut wie neu. Für den separaten Imbiss haben wir schon von einem *Küchenfritzen* ein günstiges Angebot für alles, was nötig ist. Wenn die geplante Wohnung oben drauf hochgezogen ist, wird an der Außenwand auch eine Leuchtreklame ange-

bracht werden, die gut von weitem zu sehen ist. Also, der Firmenname wird drauf stehen. MPH-Stationen GmbH soll groß leuchten. Alles andere wird natürlich auch so nach und nach beschriftet, wir werden sehen." Mit mehrmaligem Hinweis, dass jetzt jeder Mann gebraucht werde, wurde von Palle abgefragt, wer nach seinem Feierabend und an Wochenenden zur Verfügung stehen würde. „Ich packe mit an, Schmuddelflunke ist auch dabei, wir machen die Klempnerarbeiten und Fliesenleger, Maler und auch Fußbodenleger können wir mit beibringen", sagte Olli. Irgendwie schien damit das Eis gebrochen zu sein. Der Reihe nach meldeten sich alle zu Wort. Mokka notierte, es entwickelte sich eine Personalliste. „Auf dem Bau ist ohnehin derzeit Flaute, nach Schlechtwettergeld gehen jetzt viele *stempeln*, die sind alle ansprechbar, ich weiß wo ich die finde und die können auch den ganzen Tag hier sein", sagte Popp, der selbst keine Arbeit hatte. Motz, der schon bald seine Lehre als Elektriker beginnen würde, war immer noch Feuer und Flamme und würde alles machen, egal was. Piepse schloss an. Er verdiente als Möbelpacker ohnehin nicht viel und konnte jeden zusätzlichen *Heiermann* gebrauchen. Ähnlich ging es Hanno, sein Alter sei ein Geizkragen, klagte er. Jögen sprach das Thema Jesse-Brüder an. Die fehlten noch.

„Die Familie wohnt irgendwo auf dem Land, soll nicht weit weg sein, die haben sich ein altes und vergammeltes Haus gemietet", sagte Palle, „jedenfalls kennt mein Vater welche von den Bahnrentnern, die den alten Jesse kennen, und die haben davon gesprochen." „Und meine Mutter sagte, dass der Jonni auf dem Markt wohl bei dem Kartoffelbauern arbeite, jedenfalls hat sie den da gesehen", tat Jögen kund und auch, um gegenüber Palle und Mokka zu zeigen, dass er am Thema dran sei. Das würde ja gut passen, waren sich die Jungs der alten Garde einig, der Kartoffelbauer sei ein Schlitzohr, würde sein Holzbein beim Abwiegen der Kartoffeln geschickt gegen seine alte Plattformwaage drücken und so die Kunden bescheißen. Aber dass Jonni frei rumläuft, konnte sich keiner vorstellen. Vielleicht sei er es nicht, vielleicht würde es sich um einen Doppelgänger handeln.

Die Kalkbrüche waren am Ehreichenplatz alsbald das große Thema. Es gab in der Neue Brukterer Umschau einen kleinen Artikel von einem Lokalredakteur, dass an den Kalkbrüchen was Neues entstehen würde. Ein Investor sei offensichtlich gefunden worden, der dort schon aktiv sei. Mehr war dem Artikel nicht zu entnehmen. Aus den Bahnhäusern kam dann viel Stoff für allerlei Klatsch und Tratsch. Paulerhohns Sohn habe eine Firma gegründet, die sich dort oben betätige. Das Gelände sei gepachtet. Dagegen hieß es, das Gelände sei gekauft worden, wovon bezahlt, sei aber irgendwie im Nebel. Der alte Paulerhohn würde dort seine Geschäfte machen, obwohl er noch bei der Bahn angestellt sei. Es würde aber alles über seinen Sohn laufen. Da würden auch schon welche arbeiten. Die zerlegten die Eisenteile der alten Anlagen da und würden sie abfahren. Das habe aber wohl direkt mit der Kiesgrubengesellschaft zu tun. Wofür dann die Paulerhohns Leute einstellen würden, wäre die Frage. Davon haben welche erfahren. Alles *schwarz* wurde auch gesagt. Das alles erreichte auch die Jungs, jedoch interessierte es sie nicht weiter. Sie legten Mokka ihre Stundenzettel auf den Tisch und dann war auch prompt die Löhnung. Den attraktiven Stundenlohn gab es wie vereinbart bar auf die Hand. Woher das Geld kam, wurde nicht gefragt. Mokka schrieb aber Rapportzettel und Quittungen für die Familie Paulerhohn und heftete die mit Lieferscheinen und Rechnungen im Ordner ab. Der stand offen auf dem Aktenbock und war mit Fremdfirmen und Eigenleistungen säuberlich in Druckbuchstaben beschriftet. Jögen radelte in jeder freien Minute zu den Kalkbrüchen hoch. Er hatte die Aufgabe übernommen, die Musikhalle leerzuräumen und bediente sich dazu eines kleinen Hubwägelchens, auf dem er in einer Holzkiste allen vorgefundenen Unrat und Bauschutt raus schaffte. Er war gerne dort, hielt sich auch ansonsten gerne in der Halle auf, weil Strong South Rock schon ihre Instrumente hingeschafft hatten und schon ihre Arrangements übten. Manchmal durfte er auch mitmachen, genauer gesagt, mal ein paar einfache Takte vom Standtom des Schlagzeugs oder von den Bongo-Trommeln reinspielen. Südstaatenrock hatten die drauf. Den Sound machte ihnen in der Gegend keine andere Band nach, die waren einfach zu gut. Der Ab-Lager-Verkauf funktionierte in steigendem Maße. Mokka, Palle und der alte Paulerhohn öffneten im Schichtbetrieb und schleusten die Kunden durch. Vorwiegend Schnäppchenjäger und auch Leute, die sozial weniger gut gestellt waren. Die Preise der angebotenen Waren konnten als günstig bis niedrig bezeichnet werden.

Es lief auch schon ein neuer Mann im Kaufmannskittel herum und betätigte sich mit der Sortierung der Waren und verkaufte auch. Das war Wollni, ein junger Spätaussiedler aus Masuren. Jögen hatte mit ihm freundschaftlichen Kontakt aufgenommen und hörte ihm gerne zu, wenn er von der Schönheit dieses Landstriches erzählte. Es war dann nicht zu übersehen, dass Wollni dann feuchte Augen bekam und seine Stimme leicht vibrierte. Ja, der Verkauf lief gut. Das Warenlager war stets gut gefüllt. Anlieferungen von Waren konnten jedoch nicht beobachtet werden. Das fiel Jögen auf und er dachte sich, dass das wohl spät in den Abend- oder sogar Nachtstunden passieren würde, um den Tagesbetrieb nicht zu behindern. Wenn Hops mit seinem Ford Capri vorfuhr, um sich um das Café mit dem Imbiss zu kümmern, zwängte sich neuerdings ein junger Schäferhund von der Notsitzbank heraus. Einmal, als die Jungs bei einer *Kanne Bier* zum Feierabend beisammen standen und den Hund bewunderten, sagte Hops, dass er mit dem häufiger im Baggerloch baden gehen würde, sobald das Wetter es zuließe. „Na, wenn du keine *Winki* hast, ist das sicherlich ein guter Ersatz, aber wie ich sehe, ist das ein Rüde", sagte Olli vorwitzig.

„Mir kommt es auf was anderes an", konterte Hops energisch,

„so einer wie ich hätte zu anderen Zeiten weder einen Hund haben dürfen und auch nicht in einem See baden können."
„Bist du Jude?", kombinierte Olli, „dann wird es ja mit dem Café gut klappen."
„Es wird gut klappen, weil ich ein Auge darauf habe", funkte Mokka dazwischen, „will jemand noch etwas zu Hops oder etwa auch zu Wollni bemerken?", setzte er nach und zeigte ein vorher so nicht gekanntes drohendes Gesicht. Damit war die Sache erledigt. Es meldete sich keiner mehr zu Wort. Jedenfalls war klar, Mokka hatte die volle Autorität, mehr sogar als Palle. Olli fragte noch verlegen nach dem Namen des Hundes.
„Du kannst uns beide Hops nennen",
erhielt der Verdutzte die Antwort.
Hops hatte in der Café-Halle schon eine weiße Tafel an die Wand gelehnt. Mit einem Wachsmalstift, der an einer kleinen Kordel daran baumelte, hatte er schon etwas auf die Tafel gekritzelt: Diverse Säfte, Frische Limonade, Flaschenbiere, French Press Kaffee, Diverse Teesorten, alle gängigen Kaltgetränke mit und ohne Kohlensäure, Eis, Kuchen und alle Speisen wie im Imbiss.

Nun war es so weit. Jögen hatte den Jonni auf dem Markt entdeckt. Nach kurzem Blickkontakt war klar, er ist es.
„Hast dich gut raus gemacht", empfing Jonni den jüngeren Freund. Sie stellten sich an den Wagen des Kartoffelbauers und rauchten. Jögen zeigte sich irritiert und fragte ihn, ob er

frei sei oder sich immer noch verstecken müsste, was ja hier auf dem Markt wohl nicht gut möglich sei.

„Mich *hatten se doch sofort gepackt*, ich war nur ein paar Stunden auf der Flucht, *woll*", erklärte Jonni, „jetzt sitze ich hier im Gefängnis gleich gegenüber dem Friedhof, *woll*, links liegen sie, rechts sitzen sie, *woll*", schmunzelte er, „aber ich halte das gut aus, sind ja nur noch drei Jahre oder so, ich glaub, ich komme auch eher raus, *woll*, gute Kumpels habe ich da, Gemeinschaftszelle, sind alle aus dem Ruhrpott, *woll*, ich bin einmal in der Woche hier zum Einkaufen für die Küche in unserem Trakt, *woll*, kann hier immer eine schmöken, wenn alles erledigt ist und die Handkarre voll ist, *woll*."

„Ganz alleine kannst du das machen?", fragte Jögen erstaunt. „*Nä*, der *Kittel* steht hinten vor den Kinokästen, guckt sich immer an, welche Filme laufen, der kommt wohl gleich zurück, der hat übrigens keine Angst, dass ich abhaue, der hat Vertrauen zu mir, weil *ich tu ja auch im Knast singen*, so nach den Messen, wenn der Pfaffe fertig ist, *woll*, der Küster von Mariahilf begleitet mich auf dem Harmonium in der Kapelle, *woll, malen tu ich auch*, die *Kittel* haben alle schon Bilder von mir gekriegt, *habe dafür ne bessere Stellung*, die sind ganz scharf drauf, *woll*."

„Was singst du denn und was malst du?", brachte ihm Jögen sein Interesse entgegen.

„Seemannslieder, Schlager und *malen tu ich Tauben*, Adler und so, alle Vögel eben, *woll*."

Dann entdeckte Jögen, dass oben auf den Einkäufen von ihm Zigaretten und etwas versteckt auch ein Flachmann lagen. Jonni folgte seinem Blick, dann sagte er:
„Die Leute kennen mich hier schon, die stecken mir manchmal was zu, *woll*, die vom Ehreichenplatz aber nicht, die wissen ja, was ich gemacht habe, *woll*, ich weiß, das war Scheiße, *woll*." Dann stand plötzlich der *Kittel*, der *Schließer* in seiner grauen Uniform neben den Jungs.
„Ein Freund von dir?", fragte er Jonni.
„Kann man wohl sagen, ist aus meiner alten Ecke, *woll*", antwortete er. Jögen sah, dass der *Schließer* Handschellen in der Hand hielt, aber keine Anstalten machte, die dem Gefangenen anzulegen. „Kann ich ihn noch was fragen?", sagte Jögen respektvoll und vorsichtig in Richtung des Beamten.
„Nur zu, dann müssen wir los", antwortete er.
Jetzt erfuhr Jögen, wo alle Jesses steckten. Alle in einem Haus in Beelen. Sie besuchten auch alle ihren Bruder häufiger. Den Eltern ginge es gesundheitlich nicht so gut. Die würden eben alt werden. Bodo sei arbeitslos. Franz sei arbeitslos. Kuddel malochte noch, aber er wolle nicht bei der Firma bleiben, die Bezahlung sei beschissen, *keine Überstunden würden gelöhnt und so*, nur Barni wäre noch auf Achse, würde einen *großen Pott* fahren, einen Sattelschlepper, wäre aber am Wochenende immer zu Hause.
„Wir müssen los!", bedeutete der Wachmann.
„Die sollen alle zu den Kalkbrüchen kommen ", sagte Jögen noch ganz schnell, „da gibt es Arbeit."

„Grüße die Jungs von mir, *woll*", sagte Jonni, schon mit seinem Bollerwagen in Bewegung, „und sage denen, dass ich nicht in *gestreiftem Zwirn* stecke, *woll, Zebra is nich, woll*."

Mokka, wohl jetzt der *Baba*, emsig bei der Sache, rauchte Kette, seine Lux. Palle und der alte Paulerhohn kümmerten sich bis auf das Warenlager mehr um das Strategische. Dank Jögens Vermittlung trudelten so nach und nach die Jesse-Brüder ein. Bis auf Barni und Kuddel standen sie voll zur Verfügung. Bodo konnte als Zimmermann einige Leute mehr vom Bau für die Kalkbrüche gewinnen. Eine ganze Maurerkolonne war bald zugegen. Sie hatten schon so einige Erfahrung mit *Schwarzbauten*, waren auch gewohnt, im Akkord zu arbeiten. Die Paulerhohns konnten sich aussuchen, ob sie den Stückakkord oder den Zeitakkord abzurechnen wünschten. Sie entschieden sich für den Zeitakkord, denn Tempo war Trumpf. Bodo kümmerte sich vorerst um den vorstellig gewordenen Mieter der Halle für den Bau der Flöße, die den Baggersee im Sommer bereichern sollten. Er besorgte auch eine Putzkolonne für die Fassaden und Wände. Der Gerüstbau innen und außen war erledigt, wenn auch abenteuerlich anmutend. Nach Vorschrift war das nicht. Die Leuchtreklame war bestellt. Groß der Firmenname, klein darunter „Café und Imbiss". Die Inhaber sollten nicht angezeigt werden, dazu würde am Eingang ein kleines Schild angebracht werden.

„Die Leuchtreklame schließe ich dann an", hinterlegte Motz wohl etwas vorschnell, „schließlich bin ich der Elektriker."

Diese Aufgabe wollte er sich jedenfalls nicht nehmen lassen. Etliche Firmen waren auf dem Gelände, alles nahm Gestalt an. Auch die Wohnung über dem Café war schon so weit, dass Bodo bald mit dem Dachstuhl beginnen konnte. Es ging alles schnell. Eine Bodenplatte musste nicht gegossen werden. Der *Baba* der Maurer hielt es nur für erforderlich, dass das Schließen des Oberlichts der Halle mit bewährtem Beton integriert werden müsse. Ansonsten wurden die Gasbetonblöcke ruckzuck in den Dünnbettmörtel *knirsch* aneinander gesetzt und die Decke war aus fertigen Elementen mit dem Kran aufgesetzt worden. Jögen bekam zufällig als einziger mit, dass *die drei Hüte* den Bau der zwei weiteren Wohnungen auf Eis gelegt hatten. Er war gerade in der Nähe, als das besprochen wurde.
„He, das verlässt nicht den Raum – klar?", rief Mokka dem zufälligen Zeugen zu. „Ja, sicher", rief der lakonisch zurück.

Der Hutmacher Plauger hatte aus Altersgründen und mangels eines Nachfolgers sein Hutgeschäft eingestellt. Die Restbestände verschleuderte oder verschenkte er so nach und nach aus dem Kofferraum seines Autos an Freunde, Nachbarn und gelegentliche Interessenten. So kam Palle für sich und seine Weggefährten Mokka und Hops aus dem Weberbusch an drei Herrenhüte, die sie von da an immer trugen, wenn sie oben in den Kalkbrüchen waren. Schwarze

Wollfilzhüte mit einer breiten und tischflachen Krempe. Die markanten Hüte erinnerten an die der Amish. So konnten sie noch erkannt werden als die vom Weberbusch, im Gegensatz zu denen vom Ehreichenplatz. Diese Trennung hatte sich aber erledigt, sie wurden jetzt alle „die von den Kalkbrüchen" genannt, wenn sie mal wieder am gelben Briefkasten unter der Laterne standen und palaverten. Wenn aber oben in den Kalkbrüchen von irgendeinem Neuling gefragt wurde, wer hier das Sagen hat, reichte es, auf einen der Hutträger zu zeigen.

Jögen engagierte sich in gesteigertem Maße oben in den Kalkbrüchen. Er begleitete auch an Wochenenden, sogar sonntags, als Beifahrer von Barni, vereinzelte Schrottanlieferungen mit dem kleineren Mulden-LKW, die am Geschäft mit den Abholern vorbeigingen. Barni konnte jederzeit auf dem Firmengelände seiner Spedition auf die LKW-Waage fahren und sich das Wiegedokument gleich ausgedruckt mitnehmen. Egal, was an Metallen in der Mulde war, es wurde immer eine Schicht an kleineren Metallstücken und Metallspänen aufgeschüttet, damit das Wasser nicht entdeckt wurde, das kübelweise in die Mulde geschüttet wurde. Das war bares Geld! Das Wasser hatte so den Wert von Stahl und Eisen. Beim Kunden wurde sofort kassiert. So lief dieses spezielle Schrottgeschäft. Dafür kassierte er von Mokka, dem Jögens Kreativität gefiel, auch ab und zu einen Extraschein. Er kassierte aber auch einen blauen Brief von der Schule. Seine Versetzung war wieder einmal gefährdet. Die

Probleme mit dem Vater nahmen deshalb zu. Der wollte, dass Jögen sich nicht mehr in den Kalkbrüchen rumtreiben sollte. Zunächst ging es Jögen aber nur darum, die Schimpfereien seines Vaters von Tag zu Tag zu überstehen. Die Musik von Strong South Rock war einfach zu gut, Hops nahm schon mit Heißwurst, Senf und Brötchen und einer röchelnden Kaffeemaschine die erste Versorgung aus dem Café mit Imbiss in Angriff, es war einfach zu spannend und auf das erste fertige Floß mit Grill und Sonnendeck konnte er sich auch schon setzen, wenn auch noch in der Halle. Motz hatte auch seine Freude. Er kotzte sich aber bei Jögen aus, dass er bei Felgen auf den Baustellen nur den ganzen Tag mit Meißel und Fäustel Steigleitungen kloppen müsste, er könne seine Arme fast nicht mehr heben. Auch sprach er die letzten Stunden seines Vaters an. Er kam darauf, weil Jögen sich nach dem Befinden seiner Mutter erkundigte, die jetzt ohne Mann sei und er sie ab und zu mit Kopftuch und Einkaufstasche so traurig daher gehen sehen würde. Motz erzählte es: Er habe noch einmal wie das blühende Leben ausgesehen. Kurz, aber dann *wäre Schicht gewesen.* Er habe wieder von der Bahnstrecke gesprochen. Da, wo es dunkel ist, müssten die Bahnpolizei und die richtige Polizei mal hin. Mehr habe er aber nicht dazu gesagt. Nur noch was von seinem Schrebergarten und noch zu Mama, dass sie so einiges mit ihm mitmachen musste, was ihm jetzt sehr leid täte. Aber dann wären wieder seine weißen Mäuse an der Gardinenstange und unter dem Krankenzimmerschrank hervorgekommen. So wäre das nun mal gewesen, jetzt habe er aber alles hinter sich und kurbele wohl oben am Himmelstor die Schranke hoch und runter.

Alles, was an den Kalkbrüchen jetzt ablief, war lärmend und passte noch nicht zu den Erwartungen *der drei Hüte* für den kommenden Sommerbetrieb. Am Baggersee, dem zugkräftigsten Publikumsmagneten für eine Saison, hämmerte, dröhnte, rumpelte, knallte und quietschte es. Aus den Anlagenkonstruktionen wurden die Bolzen und Nieten herausgeschlagen und die schweren Metallteile fielen, an schweren Ketten gesichert, in sich zusammen, um dann auf die schwimmenden Arbeitsgeräte zum weiteren Abtransport gezogen zu werden. Die Kompressoren zur Stromerzeugung für die Hubvorrichtungen, Schweißgeräte und Trennflexe dröhnten den ganzen Tag bis tief in die Nacht. Dazu der Lärm der Lastkraftwagen, der Muldenkipper und die Schreierei der dort beschäftigten fremden *Schrottgeier*. Die Preise wurden pro Ladung auf Sicht verhandelt und Mokka kassierte in bar. Kuddel machte die Ölwechsel und kleinere Wartungs- und Reparaturarbeiten für die vermehrt mit ihren knatternden Motorrädern und Mopeds auftauchenden Rocker und Halbstarken. Mokka kassierte das Entgelt für die Zeitaufwendungen in bar, gleich nach den jeweiligen ohrenbetäubenden Probeläufen der Motoren. Planmäßig, ganz ohne Beleg, und er *löhnte* davon auch gleich den jetzt immer servicebereiten Kuddel, dem von seinem Arbeitgeber inzwischen gekündigt worden war. Er hatte mit *blau machen* und *Krankfeiern* ohne *gelben Schein* sichtlich übertrieben.

Für neue Ersatzteile wurden allerdings Rechnungen ausgestellt. Auf Mokkas Aktenbock stand nun ein zweiter Ordner. Hops' Reich konnte inzwischen jeden Moment in den vollen Betrieb gehen. Das vorzeigbare Angebot stand. Palle hatte es noch geschafft, einen Großmarktzulieferer für das Café mit Imbiss für die Finanzierung gegen Exklusivvertrag zu gewinnen. Der Fahrzeuglärm der Kundschaft von der Ausfahrtstraße der Stadt nahm zu, insbesondere Handwerker und die vielen Auslieferer frequentierten den Imbiss in hohem Maße. Franz musste jetzt dort auch mithelfen und es war schon vorgesehen, für das Café einer pfiffigen Frau einen Job zu geben. Auf Mokkas Aktenbock stand dann der dritte Ordner. In der Halle der Flöße wurde gesägt und gehämmert. Es stapelten sich die fertiggestellten Plattformen wie riesige Paletten und die noch zu montierenden Luftschläuche waren auch schon bestellt. Zu diesem Geschäft gab es keinen Ordner auf Mokkas Aktenbock. Der Betreiber, scherzhaft Wasserschwein genannt, hatte mit der GmbH seinen geregelten Pachtvertrag und war eigenständig. Auch war er sich einig mit Bodo, dem Zimmermann, den er mit ins Boot holen würde, wenn der seine Dachstuhlarbeiten für die aufgesetzte Wohnung mit Mansarddach abgeschlossen hatte.

Die Wohnung, in der Mitte der Hallenfronten über der Restauration, war dem Wollni zugesprochen worden. Er sollte dann auch über einen geregelten Arbeitsvertrag mit der GmbH verfügen, nach dem der Mietzins für die Wohnung zu verrechnen war. Wollni sei dann im Warenlager der Mann und für alles andere der Hausmeister und der Springer mit der Schlüsselgewalt für Tag und Nacht. Der alte Paulerhohn hatte sich für ihn verwendet. Weil der so gut im Warenlager funktioniere, stets mit Sonderaktionen den Absatz forciere und wieder so den Platz für neue Ware schaffe, lobte Paulerhohn den jungen Mann. Wollni konnte sein Glück kaum fassen, denn er lebte derzeit in primitiven Wohnverhältnissen. Er dachte sogar daran, eine Familie zu gründen. Mit den Bedingungen an den Kalkbrüchen ließe sich das machen. Auch gab es auf Mokkas Aktenbock keinen Ordner für Strong South Rock. Die richteten die von ihnen gepachtete Halle in eigener Regie ein und investierten nicht unerheblich in Tontechnik und Einbruchschutz. Motz kloppte noch nach Feierabend seine Steigleitungen für die Elektrik in allen Hallen, aber Olli mit Schmuddelflunke konnten ihren Lärm jetzt vergessen, das Gröbste war getan. Sie hatten gegenüber der GmbH respektive Mokka für Technik und Material, auch in Verbindung mit dem Heizungsbau, die meiste *Patte* drinsitzen. Arbeitsstunden bekamen sie sofort bezahlt. Aber nach dem Willen von Mokka sollten sie zunächst ihren eigenen Ordner für Lieferscheine und Rechnungen anlegen, alles sammeln, er würde sich dann kümmern. Für Popp, Piepse und Hanno gab es immer weniger abzurechnende Aufgaben zu erledigen, aber sie hielten sich gerne noch in der Gemeinschaft auf. Was sollten sie auch sonst tun? Ab und zu konnten sie bei den *Schrottgeiern* mithelfen – wenigstens etwas. Mokka und Hops teilten sich jetzt eine kleine Wohnung á la Junggeselle auch am Ehreichenplatz, direkt am *Brunhilde-Pättken*, um näher an Palle heran zu wohnen. *Die Hüte* hatten ja oft einiges zu besprechen. Außerdem hatte sich Mokka mit seinen Eltern überworfen, weil er kein Interesse mehr an der Goldschmiedewerkstatt zeigte und den vom Vater deswegen ausgeübten Druck auf ihn nicht mehr aushalten wollte. Hops zog mit, weil er im ganzen Viertel des Weberbusches *keine Schnitte* mehr bekam. Weder die Mädchen noch andere von den Jungs dort wollten ihn oder beachteten ihn. Seine Zappelei, seine unkontrollierte Hektik, seine wirklich unangenehme und feuchte Aussprache, verhinderten jeden Zuspruch.

„Sollen die *geilen Pfannen* sich doch da *bürsten* lassen von wem sie wollen, die *Winsel* da werden denen auch irgendwann nicht mehr gefallen", kommentierte er einmal verbittert am gelben Briefkasten, der nur noch selten der Treffpunkt der Jungs war.

Jögen konnte sich das Abitur abschminken. Nach dem Einjährigen mit Ach und Krach und dann noch einer weiteren anschließenden Ehrenrunde war es aussichtslos, die Zulassung zur Abiturprüfung zu erlangen. Er verließ die Penne. Seine Eltern legten, was das anbetraf, ihre Hände in den Schoß. Alle der Jungs hatten so ihre Probleme.

Palle nicht, jedenfalls sah das so aus und er gab sich auch so. *Schau* zurechtgemacht, stets im edlen *Zwirn*, genoss er sein Leben und fuhr lässig mit seinem Cabrio durch die Gegend. Ständig hatte er eine andere Frau dabei und viele davon tauchten oft auch oben in Hops' Café auf und ihr Interesse an all den Jungs da war nicht zu übersehen. Insbesondere scharwänzelten sie vor der Halle von Strong South Rock herum. Die sahen mit ihren *Matten* ja auch gut aus und hatten in ihrer Art alle was an sich, was sie zu tollen Mackern machte. Wenn Jögen dann auch bei denen in der Halle war, konnte er so tun, als gehörte er zu denen. Die Show war nicht immer von langer Dauer, aber er konnte es dauerhaft genießen, denn es kamen ja immer neue Frauen daher und außerdem war es für ihn ja auch harmlos, sich mal als Star zu zeigen und anzugeben. Die guten Erlebnisse waren es für alle, die ihren Schwung, ihre Kraft ausmachten: Alle freuten sich auf den Sommer, denn dann würden auch noch rechtzeitig die Fassaden der Hallenfronten und der Restauration in verschiedenen Pastelltönen leuchten und es könne gezeigt werden, was geleistet wurde. Mokka machte inzwischen einen ruhigeren und abgeklärteren Eindruck. Die Zeiten, in denen er agil und auf Sicht von früh bis spät das kleine Imperium an den Kalkbrüchen nur unter Zugriff auf drei Ordner für die gesamte Ablauforganisation und einem liederlichen Notizblock leitete, schienen vorbei zu sein. Alle Unterlagen sammelten sich in einem extra, nicht mal größeren

Regal in Palles Mansardenzimmer an. Das war die ganze MPH-Stationen GmbH.

Wollni bezog seine neue Wohnung, immerhin achtzig Quadratmeter, und das Bad war seine pure Freude. Durch die schmale Gaube längs über der Badewanne hatte er morgens einen fantastischen Blick auf die aufgehende Sonne und von der unten an der Fassade des Cafés und des Imbisses angebrachten Reklamebeleuchtung in Rot und Grün drang ein spannendes Licht in den Raum. Er hatte schon vorher begonnen, *die drei Hüte*, Palle, Mokka und Hops, auf einer großen Leinwand als Aquarell zu malen. Atmosphärisch interessant, steckte er sie dabei in jeweils farbenfrohe Hosen und Hemden und setzte ihnen jeweils eine Sonnenbrille auf. Das Bild hing dann im Café gut positioniert an der Wand, sogar von einem Punktstrahler von der Decke aus angeleuchtet.

„*Sapi Enne, Satan Enne*", ging es durch die Reihen, als sie mit ein paar *Kannen Bier* beieinander standen und zufrieden feststellten: „*War datt n Ding!*"

Der arme Briefträger Wolfgang Schomaker. Er war für alle der Wolfi, auch für die Kinder. Die Eltern versuchten nicht nur ein Mal, ihren Sprösslingen an den Verstand zu bringen, dass sie den regelmäßig durch die Straßen ziehenden Mann ordentlich mit Herr Schomaker anzusprechen hätten, was letztlich vergeblich war. Einige Anwohner in der Gegend, um den Ehreichenplatz herum, knallten den vertrauten Mann förmlich an. Sie beschwerten sich bei ihm, dass manche Pakete nicht zugestellt worden wären. Seine Hinweise, dass er mit Paketzustellungen gar nichts zu tun habe, nahmen sie zur Kenntnis, verlangten jedoch, dass er sich kümmern sollte. Wolfi war an sich bei allen sehr beliebt. Von manchen gab es an heißen Sommertagen für ihn ein Glas mit kalter Buttermilch, die er so gerne mochte, oder an kalten Wintertagen auch mal ein Schnäpschen, wenn er mit roten Pfoten die Post aus seiner Umhängetasche rausholte.

Es wurde ihm berichtet, dass insbesondere zu Geburtstagen in den Familien, jetzt erst Weihnachten und nun schon wieder zu Ostern, Pakete mit Geschenken von Großeltern, Eltern, Onkeln und Tanten und Geschwistern nicht angekommen seien. Die Absender seien irritiert gewesen, von ihren Lieben weder brieflich noch telefonisch nach längerer Zeit ein Dankeschön für ihre Geschenke erhalten zu haben. Bei ihren Rückfragen hätten sie dann erfahren müssen, dass ihre Sendungen nicht eingegangen seien. Auch bei den einschlägigen Versandhäusern wie Otto, Schwab und Neckermann bestellte Waren kamen nicht an, die Rechnungen oder auch die Mahnungen zur Bezahlung seien dann trotzdem in der Post gewesen. Nachforschungsaufträge an die Post, teilweise vom Versender und vom irritierten Empfänger, seien ins Leere gelaufen.

„Der Fall wird bearbeitet", hieß es dann jeweils in den Mitteilungen der Post nach den vielen Beschwerden und nur in manchen Fällen wären nach einigem bürokratischen Aufwand Entschädigungen angeboten worden sein. Wolfi sagte zu, sich einmal zu den Vorgängen erkundigen zu wollen. Das alles bedrückte ihn sehr, er schien sich für die gesamte Post der Welt zu schämen. Schon wenige Tage später konnte er berichten, dass die zuständige Dienststelle am Thema dran sei und auch in den anderen Stadtteilen die Aufregung wegen verlorener Päckchen und Pakete groß sei. Er habe lediglich nur eine zusätzliche Information erhalten, nämlich die, dass ausschließlich Sendungen aus den südlichen und den östlichen Regionen des Landes verschwinden würden. Das sei ein Muster, betonte er, das habe die Bahnpost im Zusammenwirken mit der Post festgestellt. Schon wenige Wochen später war es das Gespräch auf dem Markt, nein, in der ganzen Stadt: In der führenden heimatlichen Zeitung wurde von der Sache unter der Schlagzeile „Diebesbande bei der Bahnpost am Werk" berichtet. Aus dem Beitrag ging schwarz auf weiß gedruckt hervor, dass einer der Hauptverdächtigen inzwischen verhaftet worden sei und dem Untersuchungsrichter zugeführt würde. Die Kriminalpolizei habe schon seit längerem in Kooperation mit der Bahnpolizei an der Aufklärung der Straftaten gearbeitet, aber aus ermittlungstaktischen Gründen keine Informationen dazu herausgegeben. Es sei davon auszugehen, dass der Zustellbetrieb wieder wie gewohnt ordentlich vonstattengehen würde und ein Sprecher der Bahnpost die Unannehmlichkeiten der betroffenen Bürger bedauere.

„Neue Brukterer Umschau berichtet weiter; die Redaktion."

Es kam dann heraus, dass während der Bauphase für die Elektrifizierung an der Bahnstrecke Bahnhof bis Ehreichenplatz bei den Rangierabläufen zur Zusammenstellung der Züge und ihrer Wagen des Nachts vom Stellwerk aus für gewisse Zeiten die Beleuchtungen an dem Abschnitt ausgeschaltet wurden. In der Zeit waren aus den entweder vorne oder hinten angehängten Waggons der Bahnpost erheblich viele Postpäckchen und Pakete in Säcken oder teilweise auch so aus den jeweils nur langsam in Bewegung befindlichen Zügen geworfen worden. Helfershelfer sammelten in der Dunkelheit die werthaltigen Sendungen unten am Bahndamm ein und transportierten diese ab. Erst, als die beiden neueröffneten Bahnhöfe für Personenverkehr und Güterverkehr samt Drehscheibe für die Lokomotiven in Betrieb genommen wurden, konnten durch die damit in Verbindung stehenden Verdichtungen des Zugbetriebs und den durchgängigen Nachtbeleuchtungen entsprechende Beobachtungen gemacht werden. Das war dann das Aus für die Bande, die durch ihre Gier und Dreistigkeit unvorsichtig geworden war. Es wurde dann auch zeitnah berichtet, dass etliche Mitglieder der Bande ebenfalls verhaftet worden seien und in Untersuchungshaft auf ihre Aburteilung warteten. Die Mühlen der Justiz fingen an zu mahlen. Wolfi ging nun wieder aufrecht und strahlend seine Briefe austragen und es wurden ihm so viel kalte Buttermilch und so viele Schnäpschen angeboten, die er gar nicht alle trinken konnte.

Je weniger es oben in den Kalkbrüchen von den Eckenstehern zu tun gab, umso mehr waren sie wieder wie gewohnt unter der Laterne am gelben Briefkasten zu sehen. Manche standen echt auf dem Schlauch. Die Quelle ihrer Verdienstmöglichkeiten schien zu versiegen. Als es dann noch die Runde machte, dass der alte Paulerhohn der Kopf der Bande war, der als Bahnpostbegleiter systematisch einige Kollegen vom Stellwerk der Bahn bis hin zu Jungwerkern bei der Bahn für seine üblen Geschäfte rekrutierte, machte sich Unmut breit.

Palle ließ sich überhaupt nicht mehr am Treffpunkt sehen, aber sein nobler Schlitten war nach wie vor oft am Ehreichenplatz geparkt. Mokka und Hops arbeiteten weiter für die GmbH, hielten sich aber sehr zurück, gar bedeckt, wenn sie auf Paulerhohn und seinen Sohn angesprochen wurden. Noch lief es ja da. Das Lager allerdings wurde polizeilich geschlossen und die vorgefundenen Waren beschlagnahmt. Das Tor wurde versiegelt und mit einem extra Schloss gesichert, auch alle weiteren Zugänge in dieser Halle wurden gleichsam berücksichtigt.

Dem enttäuschten Wollni konnte nichts vorgeworfen werden. Er blieb jedoch in regulärem Arbeitsverhältnis und machte sich nützlich, wo immer es sich anbot. Jetzt war er der Springer, jetzt machte er das, was Jögen immer machte. Mal hier, mal da, einfach nur mithelfen.

Die jungen Männer am Treffpunkt tauschten sich zu ihren Situationen aus. Olli habe sein Geld nicht gesehen, Mokka würde ihn nicht mal mehr nur vertrösten: Es sei nicht mehr genug in der Kasse. Er könne seine Forderungen vergessen. Da würde jetzt nur noch der Klageweg übrig bleiben, sagte Olli. Der Termin beim Rechtsanwalt sei schon klar.

„Was ist eigentlich mit den Jesses?", fragte Jögen, der inzwischen auch von den Kalkbrüchen zurückgezogen war und sich intensiv mit seinem Neustart auf dem zweiten Bildungsweg beschäftigte, um doch irgendwann einmal studieren zu können. Popp, Piepse und Hanno wussten Bescheid. Sie waren noch bis vor kurzem regelmäßig da oben und liefen auch noch hinter ihrem Geld her. Kuddel würde noch *muckeln*. Er kassierte jetzt für die Wartungen an den *Hobeln* selbst. Schon länger habe er auch kein Geld mehr gesehen. Mit neuen Ersatzteilen mache er aber nichts mehr. Die müssten schon mitgebracht werden.

Barni fahre da auch nicht mehr, habe lange keinen Lohn für seine Arbeit erhalten. Es wäre ja schon viel von dem Eisen und Stahl abgeräumt worden und außerdem würden da welche von der Kiesgrubengesellschaft rumlaufen, die alle Arbeiten unterbinden würden, sie seien dazu berechtigt. Würde das jemand nicht glauben, würden sie die Polizei verständigen und die würden dann Klartext sprechen. Aber die Flöße von Bodo würden jetzt schwimmen und er mache mit seinem Chef die Vermietungen für die Badegäste, die die Dinger in hohem Maße nutzen, schon ihrer Kinder wegen, die damit sehr viel Spaß hätten. Der Franz würde sich mit Hops ganz gut verstehen. Er mache jetzt den Imbiss an vorderster

Front. Hops würde die Gastronomie managen, aber weniger in Kontakt mit den Gästen sein. Seine feuchte Aussprache wurde nämlich von den Gästen häufiger angesprochen. „Er solle doch mal aufpassen, wohin er spucke", hieß es. Auch die junge Frau, die jetzt im Café die Fäden in der Hand habe, sei sehr dankbar, dass Hops zurückgezogen sei. Aber insgesamt würde die Gastronomie da ganz gut laufen. Mokka ließen sie übrigens nicht mehr an die Kasse. Was der da noch mache, sei nicht ganz klar. Eigentlich säße der da nur rum. Palle würde ab und zu mit seinem Schlitten mal auftauchen, kurz mal das Gelände abfahren, aber dann wieder verschwinden, ohne ausgestiegen zu sein.

Die langen Sommerabende unter der Laterne am gelben Briefkasten vergingen wie im Fluge. Zwischen allen war großer Zusammenhalt gegeben. Sie redeten viel von den vergangenen Zeiten, erzählten sich nochmals die Stories von den Arschlagen bis hin zum Bad von Schmuddelflunke in der Jauchegrube und Motzes Kletterei im Kastanienbaum. Das galt nicht nur ihrer Unterhaltung. Jetzt standen ihre Mädchen dabei, die den Jungs gerne zuhörten und das laute Lachen kam jetzt von denen. Eines Abends, es ging stramm auf den Herbst zu, stand Jonni da. Noch war keiner von der Truppe zu sehen. Jonni spielte *Pinneklau*, gekonnt wie damals schon, lässig mit einer *Fluppe* im Mund.

4. Kapitel: Auf dem Block

Das Geräusch war bekannt. Leicht bohrend, manchmal summend, manchmal brummend. Das Klack war vorher einmal kurz zu vernehmen, wenn er *Pinneklau* fest aufsetzte. Der kleine Kreisel, am Band mit Schwung aus der Hand in Marsch gesetzt, drehte sich in Hochgeschwindigkeit mehrere Minuten, bis er dann eierte und dann langsam umkippte und da lag, wie ein toter Vogel. Jonni wiederholte sein Spiel in der Zeit, bis die bekannten Gesichter aus der Truppe zugegen waren. „Den hast du immer noch?", wurde von Motz erstaunt festgestellt. Eigentlich verbarg sich hinter der Bemerkung die Verwunderung aller darüber, dass Jonni dastand. Sie gingen doch davon aus, dass er noch einige Zeit im Knast sein würde. Sie verhielten sich vorsichtig, wollten keine übereilten Fragen an ihn richten. Ihn kommen lassen, war ihr stilles Einvernehmen, waren ihre Verständigungen nur mit den Augen.

„Ich wollt mal nach euch sehen, ist ja fast alles wie immer hier, *woll*", eröffnete Jonni das Gespräch. Es war zu erfahren, dass er mit einer hohen Bewährungsauflage vorzeitig aus dem Knast entlassen wurde. Er müsse engen Kontakt zu einem gerichtlich bestellten Sozialarbeiter halten.

„Wo wohnst du denn jetzt?", kam von Piepse.

„Zu Hause, da wo wir alle sind, in dem Haus, das war auch eine Bedingung des Richters, der hatte auch abprüfen lassen, dass meine Alten und meine Brüder damit einverstanden

sind, woll, ja, und die sind es ja, woll", antwortete Jonni und setzte wieder seinen Pinneklau auf das Pflaster.
„Du hast Arbeit?", fragte Olli.
„Mehr als genug, ich bin im Tanzsaal bei Bronne-Schulte und mach da viel, aber eigentlich bin ich da Türsteher und Rausschmeißer, *woll*, sorge da für Ruhe und wenn es Schlägereien gibt, dann nicht lange, *woll*, dann gehe ich dazwischen, kloppe denen auch eine rein, wenn es sein muss, woll, aber das geht bei mir auch ohne, die parieren schon, *woll*, ... wenn ich die am Nacken packe", antwortete er, ruhig und gelassen, nahezu abgeklärt und nachdenklich, „Scheiß mache ich ja nicht mehr, *woll*", schob er nach.
Dann kam er auf seine Brüder zu sprechen. Bis auf Bodo seien die ja alle *gekufft* und *genatzt* worden, die wollten auch nochmal hierher kommen, wegen diesem Palle, aber das habe sich für die jetzt erledigt, er sei ja jetzt da.
„Wir sind auch beschissen worden", sagte Schmuddelflunke und bezifferte in Mark und Pfennig genau, um wie viel. Die anderen taten dem gleich und es kam eine erkleckliche Summe zustande. „Da seid ihr alle in den falschen Arsch gekrochen, woll, das muss ich euch sagen, und, wenn ich hier gewesen wäre, woll, dann wäre das nicht passiert, woll", gab er an und schien auf dem Weg zu sein, unter der Laterne am gelben Briefkasten ein neuer *Baba* zu werden.
„*Döppen*, alle von denen vom Weberbusch hätte ich gemacht, alle *gedöppt*, *woll*, alle!", schimpfte er nachdrücklich und setzte wieder einen *Pinneklau* auf, den er vorher routi-

niert mit der kleinen Kordel umwickelt hatte, ohne den anzusehen. Wo denn dieser Paulerhohn und sein Drecksack, dieser Palle, jetzt seien, war dann Jonnis Interesse. Es wurde aufgeklärt, dass ihre Wohnung von der Bahn fristlos gekündigt wurde, denn der Alte wäre ja nach seiner Verhaftung von der Bahn auch fristlos gekündigt worden, habe seinen Anspruch auf die Wohnung ja verloren und Palle solle sich angeblich irgendwo an der Nordsee aufhalten, der habe da wohl eine Freundin, wohl in Esens-Bensersiel. Die Mutter solle er auch mitgenommen haben. Tatsächlich haben die Leute in der Wallgrundstraße und in den Bahnhäusern vorher mit ansehen können, wie aus verschiedenen zivilen Fahrzeugen Männer in verschiedenen Uniformen ausstiegen und von Männern in üblichen Straßenanzügen in das Bahnhaus der Paulerhohns geleitet worden sind. Den Uniformen nach war Polizei, Bahnpolizei, Bundesgrenzschutz, Zoll und auch, den Armbinden nach, die Steuerfahndung beteiligt. Die Wohnung der Paulerhohns wurde auf den Kopf gestellt und auch das Mansardenzimmer von Palle. Von dort wurden dann auch alle Ordner raus geschafft. „Da war mein Vater ja wohl auf der richtigen Spur", warf Motz ein, „so besoffen der auch manchmal war."

Jonni lud die Jungs ein, mal auf den Tanzsaal zu kommen. „Ihr habt doch alle Mädchen – oder?", fragte er, „könnt ihr mitbringen, woll, ihr habt alles frei, müsst nichts bezahlen, *woll*, ich übernehme alles, habt ja Zeit, ist ja nichts mehr los da oben woll."

„An den Kalkbrüchen läuft das Café mit dem Imbiss übrigens weiter, auch die Band spielt da noch und deine Brüder Bodo und Kuddel sind ja auch noch da", relativierte Motz und führte an, dass er sich die Leuchtreklame nochmal angesehen habe, obwohl der dafür nicht richtig gelöhnt worden wäre. Die wäre echt gut geworden, und der Wollni habe jetzt endlich die ersehnte Frau, die jetzt mit ihm zusammen in der Wohnung lebe und er schätze, dass die bald einen *Koten* kriegen würden.

Jonni wurde dann von Jögen, so ganz ohne Zusammenhang, gefragt, wieso er damals die *Pinneklaus* der anderen Spieler alle so leicht *döppen* konnte, so dass die gespalten wurden und er sich eine Spitze nach der anderen als Trophäe in die Tasche stecken konnte. Jonni lachte, ziemlich dreckig. Er hielt Jögen den Kreisel hin. „Siehste hier, oben sind Heftzwecken drauf, voll gepanzert das Ding und siehste hier, meine Spitze ist aus Stahl, nicht wie bei den anderen aus stumpfem Gusseisen oder Blei oder was weiß ich, meine Spitze ist spitzer und härter, mit etwas Moos eingesetzt und dann noch was, woll, mein *Pinneklau* ist kleiner als die anderen dicken Dinger, nicht so leicht zu treffen, woll, immer *lucki lucki* und clever sein, *du Nase*, woll", sagte er, und „ich muss jetzt auch zum Bus, ich muss weg." Er stopfte seinen *Pinneklau* in eine Tasche seiner für die Jahreszeit viel zu warmen, dicken Manchesterhose und es war zu sehen, dass er immer noch in der Gesäßtasche einen Block mit dem dicken Zimmermannsbleistift bei sich hatte, dieser jedoch nicht mehr so lang wie sonst herausragte.

Es hat lange gedauert. Die Sonne hatte schon an Kraft eingebüßt. Im Tanzsaal Bronne-Schulte kamen Strong South Rock auf die Bühne. Sie legten los. Der Saal war voll, aber niemand tanzte. Strong South Rock waren zu gut anzusehen, spielten zu gut. Von dem Genuss wollte niemand entbehren, etwa durch Tanz mit dem Rücken zur Bühne bugsiert zu werden. An einem langen Tisch, gleich der erste vorne in der Mitte, mit bestem Blick auf die Bühne, saßen die Jungs und auch die Jesse-Brüder. Bis auf Popp und Schmuddelflunke, die schon voll stramm waren, hatten alle Mädchen an den Tisch geholt oder ihre festen Freundinnen dabei, eine hübscher als die andere und alle in nice dresses. Jonni stand in Sichtweite an der großen Doppeltüre des Saaleingangs, blickte streng drein, aber wenn er zu dem von ihm reservierten Tisch rüber sah, lächelte er zufrieden. Jögen hatte ihn am Eingang angesprochen, ihm gesagt, dass er es toll finde, dass er auch seine Brüder mit ihren Frauen eingeladen habe. „Die sollen doch nich Herz an bluten haben, woll", reagierte er kurz und sprach auch davon, dass es schade sei, dass Adolf nicht mehr dabei sein könne. „Du hast keine Freundin?", wollte Jögen noch wissen. „Nein, habe ich nicht, ich kriege wohl auch keine, aber egal, Scheiß mache ich aber nicht mehr, woll", antwortete Jonni und machte darauf aufmerksam, dass sich jetzt alle bestellen können, egal was, das solle er denen sagen. Der Abend war gelungen. Aus allen waren

Männer geworden, die Pläne und Ziele hatten. Es war eine ausgelassene, wirklich fröhliche Stimmung gegeben. Ab und zu konnte beobachtet werden, wie Jonni einen am Nacken hatte und raus führte. Er nahm seinen Job wohl sehr ernst. Um dreiundzwanzig Uhr gab es nur noch Musik vom Plattenteller und die Band baute mit einigen Helfern so nach und nach ihre Anlagen und Instrumente ab. Jögen sprang auf die Bühne, er kannte ja von denen alle sehr gut und wollte sie begrüßen. Auch wohl vor den anderen ein wenig damit angeben, dass er sie alle kannte.

Der Bandleader nahm ihn zur Seite: „Weißt du eigentlich, dass die Frau von eurem Wollni tot ist?" Jögen wurde kreidebleich, war ohne Worte, die stimmungsgebende Wirkung der von ihm zu sich genommenen Drinks war vollends verflogen. Er hörte dann weiter, dass gestern Nacht die Kriminalpolizei da war und die Wohnung von Wollni gesperrt sei. Es wären auch noch ein Arzt und andere Leute da gewesen, die einen steifen und behördlichen Eindruck gemacht hätten. Welche das waren, wisse niemand so genau. Wollni sei mit einem schweren Schock ins Krankenhaus eingeliefert worden und wäre jetzt in einer Gemeinschaft für betreutes Wohnen untergebracht, mindestens so lange die Untersuchungen für diese Sache zur weiteren Klärung andauern würden. Jögen ging noch benommen und taumelig an den Tisch zurück und erzählte es nur dem erstbesten am Tischende, dem Franz, der sich für diesen Abend von dem Imbiss freigenommen hatte und von alle dem nichts wusste. Dann ging

Jögen mit seiner Freundin vor die Tür, um frische Luft zu schnappen und um die schlimme Nachricht zu verdauen. Als sie zurückkamen, waren inzwischen alle am Tisch informiert und es war eine allseitige Betroffenheit gegeben. Es ging allen nahe, dass der Wollni seine Frau verloren hatte und sie rätselten darüber, was denn eigentlich passiert war. Schon am übernächsten Abend sollte es Klarheit geben. Die Eckensteher wurden mehr gewahr, als in der Zeitung stand. Darin wurde nur von einem ungeklärten Todesfall einer jungen Frau in einer Wohnung an den Kalkbrüchen berichtet und dass dazu die Ermittlungen andauerten. Olli hatte sich noch in Arbeitskleidung mit Schmuddelflunke nach Feierabend eingefunden und sie warteten auf die anderen, die sich noch wie üblich an der Ecke sehen lassen würden. Dann kamen Mokka und Hops auf die beiden zu, in gewissem Sinne überraschend. Sie drucksten etwas herum und fragten dann Olli, ob sie in den nächsten Tagen von ihm für ein paar Stunden den Bulli geliehen bekommen könnten. Sie hätten ihren Umzug geplant, sie wollten wieder zurück in ihre alte Ecke, zurück in den Weberbusch. Olli hatte sich seine Antwort schon zurechtgelegt, aber er behielt sie noch zurück, stellte naheliegende Gegenfragen: „Was ist da oben los? Wieso ist die Frau tot? Wisst ihr darüber was? Warum wollt ihr hier weg, seid ja gerade mal da...?" Dann berichteten sie von den Geschehen. Da würden immer mehr von der Kiesgrubengesellschaft auftauchen. Die wären auch dabei gewesen, als von welchen der Baupolizei und von welchen des

Gewerbeaufsichtsamtes das Café und der Imbiss mit sofortiger Wirkung geschlossen worden seien. Auch die Personalien von allen da oben, die zugegen waren, wurden von einem Polizisten aufgenommen. Das habe alles mit dem Tod der Frau oben in der Wohnung zu tun. Einer der Beamten habe gesagt, dass die Frau an einem Stromschlag gestorben sei, in der Badewanne. Sie müsse sofort tot gewesen sein. Es lägen inzwischen Erkenntnisse vor, dass die Frau spät ein Bad genommen habe und dann einen Stromschlag bekommen habe, als sich die automatische Reklamebeleuchtung einschaltete. Die Badewanne sei wohl in Kontakt mit Kabeln von der Beleuchtung gewesen. Da wäre wohl nichts geerdet gewesen oder es könnte auch gewesen sein, dass der Schutzschalter entweder versagt habe oder von vornherein nicht passend ausgelegt worden sei, weil es sich bei der Reklamebeleuchtung schließlich um eine Starkstromanlage handele. Da sei ein Idiot am Werke gewesen. Wohl einer, der ein gewissenloses Arschloch sei. Das Tragische wäre auch gewesen, dass die Frau nach ihrem Mann gerufen habe, der ihr aus dem Schlafzimmer ihren Bademantel bringen sollte. Als der ins Bad kam, sei die Reklamebeleuchtung angesprungen und er habe den furchtbaren Tod seiner Frau mit ansehen müssen. Das alles würde noch ein böses Nachspiel haben. Die Frau sei auch schwanger gewesen. Schmuddelflunke lehnte sich mit gesenktem Haupt an die Hauswand.

„Wie kommt Motz aus der Scheiße wieder raus?", sagte er leise, „die Installation hat er doch gemacht, weiß doch jeder."
„Verschwindet hier!", raunte Olli dem Mokka und dem Hops zu. Damit hatte er denen auch die Frage nach dem Bulli beantwortet. Wortlos zogen die beiden vom Weberbusch ab. Sie hatten am Ehreichenplatz nichts mehr verloren. Als die anderen Jungs sich sehen ließen, auch Motz war dabei, war zu spüren, dass an diesem Abend keine Floskel, kein Scherz, eine Chance hatte. Olli übernahm es, die erhaltenen Informationen behutsam in die Runde zu bringen. Motz ging in die Hocke und sah hilflos in die Gesichter der anderen. Er schien etwas zu zittern und versuchte vergeblich, sich eine Zigarette anzubrennen, als er sich mit etwas Mühe wieder an der Hauswand hochbrachte. Jögen nahm sie ihm aus der Hand und gab sie ihm angezündet zurück. „Dir können sie doch nichts", tröstete Olli und legte seinen Arm um Motzes Schulter „warte mal ab, vielleicht erklärt sich doch alles anders." Alle versuchten einen Zuspruch. Das musste aber für Motz alles noch schmerzhafter gemacht haben, denn in den Worten lag nichts, woran sich zu klammern gewesen war. Die Fakten ließen sich nicht wegwischen. Jögen entfernte sich aus dem inneren Kreis der Gruppe und nutzte die Gelegenheit, als Motz ihn nicht im Blickfeld hatte, sich zu entfernen. Er rannte panisch los, um Motzes Bruder Hansi zu holen. Mit schnellen Schritten war er dann mit

dem Bruder auf dem Weg zur Ecke und er beschrieb ihm mit hastigen Worten die Situation, in der Motz jetzt war.

„Gut, dass du mich geholt hast", sagte Hansi zu Jögen, als er den jüngeren Bruder aus den eng beisammen stehenden Jungs herauszog. Motz kamen die Tränen, als er seinen Bruder sah und lief dann angelehnt neben ihm her, als sie nach Hause gingen. Am nächsten Tag stand ein ausführlicherer Artikel über den Tod der jungen Frau in der Zeitung. Die mutmaßliche Ursache wurde auch beschrieben und auch, dass die Ermittlungen mit Hochdruck aufgenommen worden seien. Es war ein größeres Farbfoto vom Café mit dem Imbiss und der Leuchtreklame abgedruckt worden. Bei genauerem Hinsehen konnte durch die abgebildete Fensterfront des Cafés die Wandgarderobe erkannt werden. Ein Mantel oder ein Kittel war zu sehen, darüber an den Haken drei schwarze Hüte. „Das sind die", dachte Jögen, als er sich die Seite der Zeitung nahe vor seine Augen gebracht hatte.

Die Kiesgrubengesellschaft musste sich viele unangenehme Fragen gefallen lassen. Presse und Behörden verlangten uneingeschränkte Aufklärung zu den Verhältnissen an den Kalkbrüchen. Als wohl einzige Informationsquelle war deren Unternehmensleitung gezwungen, umfassende Auskünfte zu geben. Jeden Tag war etwas zu den Kalkbrüchen nicht nur in der heimatlichen Zeitung zu lesen. Die jeweils bissigen Schlagzeilen führten dazu, dass ein großer Teil der Bevölkerung auch ihren Unmut gegenüber der Stadtverwaltung äußerte und so wurde in erheblichem Maße auch die politische Szene der Stadt beeinflusst, es war die Zeit der Kommunalwahlen. Es wurde ans Licht gezerrt, dass die Kiesgrubengesellschaft über einen anfänglichen Nutzungsvertrag, es könne auch von einem Vorvertrag gesprochen werden, das Areal letztlich an die MPH-Stationen GmbH veräußert habe. Es sei jetzt nach aktuellen Feststellungen ein juristisches Chaos entstanden. Einerseits habe es die Erwerberin unterlassen, der Verpflichtung nachzukommen, umfassende Dekontaminierungen auf dem Gelände durchzuführen, deren kalkulierte Aufwendungen bereits in dem Kaufpreis zu ihren Gunsten berücksichtigt worden waren. Andererseits sei von der Erwerberin die festgelegte Grunderwerbssteuer, ein erheblicher Betrag, trotz Anmahnungen seitens der Finanzbehörde und trotz mehrmaliger Zusagen der Erwerberin, den Betrag umgehend zahlen zu wollen, nicht gezahlt worden. Wie in solchen Fällen praktiziert und auch im notariellen Vertrag explizit niedergeschrieben, sei die Kiesgrubengesellschaft herangezogen worden, weil sie gleichsam für die Entrichtung der Grunderwerbssteuer hafte. Die Finanzbehörde wende sich in solch einem Säumnisfall dann an die Veräußerer, vorzugsweise dann auch an die, die zur Zahlung am ehesten in der Lage seien. Damit der Eigentumsübergang endlich in das Grundbuch eingetragen werden konnte, nach der durch die Zahlung der Grunderwerbssteuer durch die Kiesgrubengesellschaft das Finanzamt die Unbedenklichkeitserklärung abgegeben habe, habe die Kiesgrubengesellschaft vor geraumer Zeit auf dem zivilen Klageweg die

Rückerstattung des Betrages gegen die MPH-Stationen GmbH geltend gemacht. Auch hierzu sei wieder ein Spiel von Zusagen und deren Nichteinhaltung entstanden, so dass letztlich nur noch der Weg über Kontensperrungen und der Zwangsvollstreckung geblieben sei. Das sei aber ein aussichtsloser Weg gewesen, weil weder liquide Mittel noch andere Vermögensbestandteile verzeichnet gewesen seien. Bis auf den völlig überbewerteten Grundstückswert des Areals, auf den nicht einmal Rückstellungen für erforderliche Sanierungen zu belegen seien, und das Vorhandensein eines Lagerbestandes diverser Gebrauchs- und Konsumgüter, die nicht geeignet waren, die Kiesgrubengesellschaft zu befriedigen, sei nichts vorgefunden worden. Außerdem sei die Aussage getroffen worden, die erst gar nicht weiter überprüft worden sei, dass es sich um Konsignationsware handele. Auch habe sich herausgestellt, dass das Gesellschafterkapital der MPH-Stationen GmbH ebenfalls nicht eingezahlt worden sei, es sei lediglich die Buchung auf noch zu erbringende Einlagen erfolgt. Jetzt könne zwar die Kiesgrubengesellschaft auf dem Klageweg gegenüber der MPH-Stationen GmbH die Rückabwicklung des Kaufvertrages verlangen, das sei jedoch mit einem Konglomerat an außerordentlichen Schwierigkeiten verbunden und die Kiesgrubengesellschaft sei sich deshalb in der Entscheidung noch nicht schlüssig, obwohl eine namhafte Bank, ausgerechnet auch noch die hauptsächliche Bank für die Abwicklung von Geschäften der Kiesgrubengesellschaft, darauf dränge. Die Lasteintragung für das verzinsliche Darlehen würden die aus naheliegenden Gründen gerne wieder via Kiesgrubengesellschaft liquidieren. Über die Höhe des Darlehens wurde nichts bekannt gegeben. Vielleicht damit nicht aus Imagegründen ein Nährboden für den Zweifel an den professionellen Modalitäten der Darlehensvergabe geboten werde, so der O-Ton „Neue Brukterer Umschau". Durch den bedauernswerten Todesfall der jungen Frau in der Wohnung auf dem Gelände der Kalkbrüche sei erst richtig aufgedeckt worden, was dort oben alles angerichtet wurde. Die dort getätigten Baumaßnahmen seien überwiegend mittels Schwarzarbeit durchgeführt worden. Für den Aufbau der Wohnung über dem eingerichteten Café habe es in dem Sinne gar keine Baugenehmigung gegeben. Auch lag kein Prüfzeugnis der Betonprüfstelle für die Hallendecke oder auch Bodenplatte für die Wohnung vor. Es sei nicht *abgedrückt* worden und außerdem sei eine ursprüngliche Aussparung in der Hallendecke zwar mit Bewährung, aber ohne besonderen Bewährungsverbund, mit Beton zugegossen worden. Die stümperhafte Elektrik bei der Installation der Reklamebeleuchtung sei dann der Gipfel der verantwortungslosen Handwerkerleistungen gewesen. Es sei mit einer Abrissverfügung der Neubauten zu rechnen. Wer für das alles einzustehen habe, sei noch unklar, auch, was noch die anderen Fragen anbetreffe. Einer der Gesellschafter sei in Haft, ein zweiter Gesellschafter sei mit unbekanntem Wohnsitz abgängig. Es gebe auf dem Gelände neben dem Wohnungsmieter, der im Zusammenhang mit einem Arbeitsvertrag diese Wohnung bezogen habe, noch zwei weitere Mieter für jeweils eine Halle. Es handele sich um einen Unternehmer, der dort Vergnügungsflöße für den Baggersee baue und warte und um eine bekannte Rockband, die dort ein Tonstudio eingerichtet habe und auch für eine längere Nutzung der Halle erheblich investiert habe. Beide Partner hätten einen längerfristigen Mietvertrag. Die Mietzinszahlungen liefen noch auf eines der gesperrten Konten der MPH-Stationen GmbH. Ob die Verträge weiterlaufen könnten, sei unklar und auch, wer im Zweifelsfall wem gegenüber zu kündigen habe. Für alle diese Fälle seien bereits mehr Anwälte als Beteiligte und Betroffene für Geschädigte tätig und es gebe auch schon jetzt Anzeichen dafür, dass sich unter Umständen Versicherungen jahrelang mit zu erwartenden Schadensregulierungen auseinander zu setzen hätten. Diverse Schadensersatzansprüche seien schon gestellt worden. Erkundigungen hätten übrigens ergeben, dass die Inhaber der MPH-Stationen GmbH weder ihre Prämien für einschlägige Versicherungen des Unternehmens, insbesondere Haftpflicht, noch die Sozialversicherung für einen der von der Gesellschaft angestellten Gesellschafter und einen weiteren Angestellten entrichtet habe. Auch hätten sie buchhalterische Nachbesserungsgebote nicht beachtet, nachdem eine Wirtschaftsprüfungs- und Steuerberatungsgesellschaft den Gesellschaftern angedroht habe, eine weitere Zusammenarbeit zu verweigern, was dann auch geschehen sei. Es verbliebe noch zu ergänzen, dass die Aktivitäten von Reparaturen an Motorrädern und Mopeds, von denen ebenfalls Kenntnis genommen worden sei, eingestellt seien. Die entsprechende Halle sei geschlossen worden und die Sache werde derzeit als ein privater Treff von Jugendlichen behandelt werden. Damit war klar, dass auch Kuddel *weg vom Fenster* war und Bodo seiner Perspektive beraubt war. Der ohnehin nur auf die Saison beschränkte Badebetrieb am Baggersee würde ohne Gastronomie in der Nähe in nur ziemlich überschaubarem Maße stattfinden. Damit seien dann wirklich die letzten Spuren einer Kooperation von denen vom Ehreichenplatz und denen vom Weberbusch mit einem bitteren Nachgeschmack verschwunden. Die interessierten Bürger hatten, wenn auch anfänglich zähflüssig, den gesamten Inhalt der Misere verständig nachvollzogen und fragten sich, wie das denn alles in der Stadt möglich gewesen sei. Sie schwankten zwischen der Auffassung, ob Paulerhohn und seine Konsorten so dumm wie Schifferscheiße oder schlau genug waren, allen so auf dem Kopf herum zu tanzen. Zumindest das Geld für die vom Finanzamt erstatteten Vorsteuerabzüge nach fingierten Rechnungen hätten die wohl irgendwo für spätere Zeiten gebunkert. Weg ist weg!

Motz ging seiner Arbeit nach und war draußen weder nach Feierabend noch an Wochenenden zu sehen. Gerne gingen die Jungs in einer Kneipe der Stadt ihrer neuen Leidenschaft nach: Billard. An der Ecke spielte sich nichts mehr ab. Ihre Freundinnen sorgten nach und nach für andere Freizeitgestaltungen. Party, Kino, Rummelplätze und Ausflüge. Auch die Krotzen übernahmen nicht wie erwartet den Treffpunkt, sie legten einen neuen fest. Der war ganz hinten am Ende der Wallgrundstraße, am Bahndamm der Privatbahn. Das Abfackeln der langen und trockenen Gräser dort hatten sie von ihren Vorgängern übernommen, ansonsten nicht viel, sie saßen schon mehr vor dem Fernseher. Ab und zu wollten die Jungs Motz mitziehen und klingelten an. Die Mutter war dann immer an der Türe. „Er schläft", hieß es dann. Von Hansi konnte in Erfahrung gebracht werden, dass Motz die Vernehmung wegen seiner Arbeit an den Kalkbrüchen hinter sich hatte. „Als sein Bruder konnte ich auch dabei sein. Das hatte der vorsorglich von uns mandatierte Rechtsanwalt durchgesetzt, weil die psychische Verfassung von Motz eine Vertrauensperson erforderte", erklärte Hansi. Auf die Frage hin, ob Motz vor Gericht müsse, etwa bestraft werde, beruhigte Hansi. Der Anwalt habe gesagt, dass nach der Vernehmung nichts weiter mehr zu erwarten sei. Der schwarze Peter wäre beim Auftraggeber, der die Schwarzarbeit vergeben habe und auch wissentlich zugelassen habe, dass ein unerfahrener Helfer, ein unerfahrener junger Mann, gerade mal in eine Ausbildung zum Elektriker eingetreten, alleine an der Installation des starkstrombetriebenen Leuchtkörpers arbeitete. Sein Lehrherr, der Felgen, verstehe übrigens gut, in welcher Situation sich sein Lehrling befinde und werde ihn nicht fallen lassen, ganz im Gegenteil, sich gut um ihn und seine Ausbildung kümmern. Motz und Familie zog weg.

Nicht nur wegen der schwerwiegenden Sache, die mit einem Leben bezahlt wurde. Die Bahnhäuser wurden leer gezogen. Die Häuser waren hoffnungslos veraltet. Es erfolgten nach Fluktuation keine Neuvermietungen mehr, die Bundesbahn war an eigenen Objekten nicht mehr interessiert. Auf den Höfen der Bahnhäuser hatten die Abrissarbeiten schon begonnen und so mancher vertraute An- und Aufbau war schneller plattgemacht als gedacht. Das Bild der Straßen um die Bahnhäuser herum änderte sich. Das nostalgische Kopfsteinpflaster wurde mit einer Teerdecke erstickt und jetzt war es für die spielenden Kinder auf den Straßen nicht mehr so einfach, den herannahenden Autoverkehr wahrzunehmen. Vorher wurden sie durch Rumpeln und Pumpeln gewarnt. Die Autos näherten sich auf leisen Sohlen und manchmal war ein Hupsignal unverzichtbar. Die Gaslaterne an der Ecke war auch inzwischen mit einem neuen Neonleuchtkörper versehen, was alle als furchtbares Licht empfanden. Alles fing schon damit an, dass die anheimelnde Bahnschranke modernisiert wurde. Vorher erinnerte sie an Trix und Märklin, jetzt an eine Parkplatzeinfahrt. Die Fenster der Häuser erhielten so nach und nach neue Scheiben in Kunststoffrahmen. Die nett anzusehenden echten Holzrahmenfenster mit den echten Sprossen waren nahezu ausgetauscht. Die Interferenzen der Scheiben, eigentlich ein Qualitätsmerkmal, was die Planheit anbetrifft, gaben im Sonnenlicht ein seltsames Farbspiel ab. Fenster wie am Puff, Fenster wie die Bemalung an Kirmesbuden, Fenster wie Plastikverpackungen, hieß es. Reckes Büschken war verstümmelt. Eine Teilrodung hat es gegeben. Warum, wusste kein Mensch. Der Lebensmittelhändler, der Bäckermeister, machte dicht. Ein Supermarkt in dem Viertel war neu errichtet worden und zog ihm die Kunden weg. Das einzige, was noch blieb wie es war, waren die Wasserläufe, aber Fische waren darin auch nicht mehr. Eine gehörige Portion Heimat war weg. Die Eckensteher bekamen noch mit, dass immer mehr der bekannten Leute wegzogen oder kaum noch aus dem Haus gingen und sie bekamen auch noch mit, dass immer mehr fremde Leute zuzogen, zu denen eine Verbindung nicht so recht hergestellt werden konnte. Viele der bekannten Gesichter auf den Straßen gab es nicht mehr. Die Reihen der Älteren lichteten sich, von den Jungs mussten einige das Ableben ihrer Mutter oder ihres Vaters beklagen. Die Situationen in den Familien änderten sich. Einige der Eckensteher zogen in andere Stadtteile oder in eine andere Stadt oder auch in andere Bundesländer. Selbst Olli verlegte jetzt als alleiniger Chef seinen Betrieb und Schmuddelflunke musste mit. Jögen blieb auch nicht da, wo er war. Irgendwann kamen nach dem Abschluss seiner Schulausbildung das Studium, die kurze Zeit beim Militär und dann seine Karriereposition in einem Unternehmen in Bremen. Für ihn ergaben sich neue Freundschaften, besser gesagt, neue Bekanntschaften. Den alten, bewährten und gekannten Zusammenhalt gab es nicht mehr so, wie es mit den Eckenstehern zu erleben war. Eines ließ er sich jedoch nicht nehmen, was seine alte Heimat anbetraf. Zur Herbstkirmes fuhr er nach Hause und er konnte dann stets davon ausgehen, doch ein bekanntes Gesicht wiederzutreffen. Über den Markt gelangte der Besucherstrom zum Rummelplatz. Jögen hatte seine Frau an der Hand und sie kamen zunächst an den vielen Marktständen vorbei.

„Den Kartoffelbauern mit dem Holzbein gibt es hier auch nicht mehr", erklärte er und erzählte ihr von Jonni, der einige Zeit bei dem zwischen Waage und Laster zu sehen war.

Dann der schöne Zufall. Motz kam daher, auch mit Frau und die schob einen Kinderwagen mit Zwillingen. Die Männer stellten kurz ihre Frauen vor. Dann war zwischen beiden eine dicke Umarmung drin. Während die Frauen sich in der Begeisterung über die Zwillinge zu übertreffen schienen und bei ihrem Palaver ihre Stimmen immer heller wurden, tauschten sich Motz und Jögen aus.
„Gratulation an den Papa", sagte Jögen, „was machst du?", fragte er neugierig. „Ja, danke, da habe ich wohl gut *genagelt*, so ganz ohne *Rakete* ", lachte Motz und gab stolz von sich, dass er bei einer Firma sei, die Heizkosten abrechne, im Außendienst, sein eigener Herr sei, ein gutes Auto zur Verfügung habe und auch gut bezahlt sei. Jögen berichtete ihm von seinem guten Job in der Aluminiumbranche mit besten Aussichten für eine Chefposition in Bremen. „Du bist in Bremen?", fasste Motz nach. Jögen bestätigte und dann sagte Motz ihm, dass Palle auch in Bremen sei. Er habe ihn sogar mal da besucht, als die Kinder noch nicht da waren

und Palle sei auch mal bei ihm zu Hause gewesen, sogar mit seiner Perle. Das verwunderte Jögen sehr, denn dem Motz hätte er zu allerletzt einen Kontakt mit Palle zugetraut.
„Palle ist echt in Ordnung, der war mal da, übrigens auch zur Kirmes, da sind wir uns über den Weg gelaufen, da wurde ich von ihm eingeladen, sogar Spritgeld hat er mir für die Fahrt dahin gegeben", schwärmte Motz nahezu. Dann erfuhr Jögen, dass Palle in einem Vorort von Bremen einen Abendclub, eine Nobeldiskothek, betreibe. „Da musst du mal hin", empfahl Motz. Er nannte Jögen den Namen des Schuppens und den Ort.
„Übrigens", sagte er, „Jonni ist auch in Bremen, aber den habe ich noch nicht besucht, will ich immer mal machen und ich denke, du weißt es nicht..."
„Was nicht?", reagierte Jögen.

Dann erfuhr er, dass Jonni in einem Behindertenheim bei Bremen lebe, im Gutkastel-Stift. Er sitze überwiegend im Rollstuhl, müsse aber viel liegen. Er sei querschnittsgelähmt. Ab Hüfte abwärts bewege sich nichts mehr. Das sei von den Jesse-Brüdern zu erfahren gewesen. Sie hätten auch gesagt, dass sei für ihn die Strafe, die Strafe für seine Brutalität damals gegenüber der Frau, davon werde heute noch geredet, und das habe ihn so erwischt, damit er nicht wieder sowas anrichten könne. Jonni hätte von Ariola in Hamburg eine Einladung erhalten, um Probeaufnahmen zu machen. Er hätte eine gute Chance gehabt, dass von ihm Schallplatten aufgenommen würden, es sei ein Vertrag in Aussicht gestellt worden. Er habe sich dann von einem Kumpel mit Auto nach Hamburg fahren lassen, um selbst absolut ausgeruht dort anzukommen. Dann sei der Unfall passiert. Vor dem großen Tunnel. Bei einem Überholmanöver sei das passiert. Der Wagen habe sich sogar überschlagen. Dem Kumpel sei so gut wie nichts passiert, bis auf ein paar Prellungen. Aber für Jonni sei es das dann gewesen. Er sei ohnmächtig ins Krankenhaus eingeliefert worden und dann als Gelähmter aufgewacht. Jögen war über diese Informationen sehr erschrocken und es entwickelte sich bei ihm ein großes Mitgefühl. Der Gedanke aber, dass Jonni vielleicht direkt von Gott bestraft worden war, und der damit auch mögliche Missetaten von ihm in der Zukunft verhindert hatte, kam Jögen wie eine Wirklichkeit vor. Darüber vergaß er völlig, Motz zu fragen, wie es denn gekommen sei, dass er sich mit dem Palle so gut ins Benehmen setzen konnte, nach alledem, was an den Kalkbrüchen passiert war. Die Frage blieb, als die Freunde und ihre Frauen sich verabschiedeten.

Zurück in Bremen dauerte es nicht lange, bis er eines Abends in das Abendlokal No Name fuhr. Alleine. Auf dem riesigen Parkplatz waren kaum noch Lücken frei. Es kann gesagt werden, dass der Bar- und Tanzbetrieb vom Feinsten war und Jögen war von dem Ambiente übermannt und mit seinem schwarzen Boss-Anzug, den schwarzen Lackschuhen und dem weißen Seidenhemd keinesfalls overdressed. Er setzte sich an den großen ovalen Tresen und sah sich von dort aus konzentriert um. Er entdeckte Palle zwischen den vielen Gästen. Ein schneeweißer Rolli, der von Zimmerli-Qualität gewesen sein dürfte, und sein frisches, braungebranntes Gesicht machten ihn auffällig. Der unterhielt sich gerade mit zwei Frauen, offensichtlich Freundinnen, hatte jedoch dabei einen Blick in alle Richtungen der Lokalität. Jögen erwartete förmlich, dass auch er bald von ihm wahrgenommen würde. So war es auch. Die beiden Männer sahen sich an. Es dauerte eine Weile. Dann wechselte er mit den beiden Damen noch kurz ein paar Worte und kam dann auf Jögen zu.

„Jögen?", begrüßte er ihn, „Was machst du denn hier?" „Ich bin in Bremen gelandet, beruflich, hatte Motz getroffen, der hat mir gesagt, dass du auch in der Gegend bist, ich sollte mir mal deinen Schuppen ansehen, kann nur sagen, alle Achtung, gratuliere", antwortete er. Die beidseitige anfängliche Verlegenheit löste sich schnell auf. Die Gegenwart war der Vergangenheit überlegen, jedenfalls in diesem Moment. Zwischen beiden war Neugierde gegeben. Es wurden ihre derzeitigen Situationen abgeglichen, jegliche Rückblenden zum Ehreichenplatz unterblieben. Die laute und gute Musik, schwarze Musik, Soul, und der Anblick der vielen tollen Frauen ohne Begleitung ringsherum lenkten ab, es war nicht der Zeitpunkt für ernste Gespräche.

Jögen fragte sich kurz, wen denn von beiden die Damenwelt gerade mehr beachten würde, denn es war offensichtlich, dass sie beachtet wurden. Er hatte dabei keinen Rivalitätsgedanken, er dachte mehr daran, was er denn für einer sei und

was Palle für einer sei, und ob die Damen den Unterschied bemerken würden, eine von denen gar auf Palle reinfallen würde. Eine hübsche und toll angezogene junge Frau, eine die ganze Zeit sehr aufmerksam dreinblickende Bedienung hinter dem Tresen, kam zu ihnen rüber, nachdem Palle nur kurz den Finger gehoben hatte. „Jögen, was nehmen wir?", fragte ihn Palle, „sage, was du möchtest, bist eingeladen."
Jögen bat um Gin Tonic mit Limette auf Eis.
„Eine Flasche Bombay Sapphire Revelation und zwei Gläser, bitte, hierher, mit allem, du hast ja gehört", sagte er freundlich zu der jungen Dame. Die servierte lächelnd, mit verbindlichem Blickkontakt und alles sehr prompt. Tonic mit Limettenstücken servierte sie in einer glasblinkenden Karaffe, ein großes Glas Eiswürfel mit einer kleinen silbernen Zange war daneben und zwei Longdrink-Gläser mit jeweils einem farbigen Strohhalm standen auf einem extra Tablett aus schwarz lackiertem Holz. Die Flasche Gin reichte sie dem Chef hinüber.
Palle hatte immer noch das bekannte einnehmende Wesen. Er wirkte positiv. Charmant. Weltmännisch. Er fragte Jögen, wie ihm der Norden denn so bekomme. Er sähe gut aus. Er hätte sich ja gut gemacht.
„Was du hier brauchst, ist ein anständiger Schlitten und eine Rolex, in Bremens City bist du auch mit einem Auto mit breiten Weißwandreifen gut aufgehoben", schob er lächelnd nach. Jögen nahm diese Worte etwas gequält auf und sagte dazu nur, dass breite Reifen und eine Rolex wohl auch als

Charaktermerkmale gesehen werden könnten. Weder an seinem Dienstwagen der gehobenen Mittelklasse seien aus Sicht seines Arbeitgebers breite Reifen denkbar noch eine Rolex an seinem Arm, zumindest dann, wenn sie auffällig getragen werde, etwa so, wie er sie trage, auffällig über dem Ärmel. Palle reagierte lächelnd und gelassen. Dann sprach er den gemeinsamen Freund Motz an. Als er ihn getroffen habe, habe der mit seiner Frau bald mal zur Ostsee gewollt, Urlaub machen, habe sich nach Preisen für Übernachtung und so weiter erkundigt. Er habe gemerkt, dass der nichts an den Hacken habe und ihm angeboten, dass er ihn auf dem Weg dahin besuchen könne. Er habe ihm dann die notwendigen Märker hinter dem Rücken seiner Frau zugesteckt. So sei es gekommen, dass sie wieder in Verbindung seien, aber sie hätten sich schon lange nicht mehr gesehen. Er sagte auch, dass Motz wohl ein bisschen naiv sei und das auch wohl bleibe, er habe auf die Frage, was er denn so treibe gesagt, dass er immer noch gerne Cowboy-Filme sehe, dazu im eigenen Sessel sitze, seine Frau aber dann ins Bett ginge. Palle schüttelte dann den Kopf und zog verständnislos die Augenbrauen hoch. Jögen fand das auch komisch, überrascht war er aber nicht. Er kannte ja seinen Old Shatterhand. Zur Sache Kalkbrüche fiel kein Wort. Auch von Jögens Seite nicht, obwohl er dazu ständig was auf der Zunge hatte. Manchmal ist es eben geboten, heiße Eisen nicht anzufassen.

„Ich will hier übrigens jemanden besuchen, der ist im Gutkastel-Stift untergebracht", sprach Jögen aus. „Kenn ich, wen denn da?", wollte Palle wissen.
„Kumpel vom Ehreichenplatz, Jonni Jesse", gab Jögen zur Kenntnis. Palle wusste, dass es sich um ein Heim für Behinderte handelte und er kannte vom Hörensagen ja auch den Jonni. Er erfuhr dann durch Jögen von dessen Schicksal.
„Wenn du willst, können wir da mal hochfahren, ich fahre dich", bot Palle an, „Unterwegs essen gehen und so, ist eine schöne Gegend." Etwas verwundert über dieses Angebot war Jögen schon, aber er wollte es sich einfach machen, sich fahren lassen und so kam es zu einer festen Verabredung dazu. Er werde sogar von zu Hause abgeholt . Auch sprach Palle davon, dass er in den nächsten Monaten heiraten werde. „Am Polterabend bist du selbstverständlich dabei, dann kann ich dich mal als Kumpel aus der alten Heimat zeigen, ist klar – was?" Jögen nickte. Ihm wurde dann noch ein sich zugesellender Mann vorgestellt, der sich als Miteigentümer des Abend- und Nachtbetriebs vorstellte. Ein anderer Typ als Palle, etwas zottelig, aber durchaus sympathisch.

Wieder zu Hause, musste Jögen seiner Frau die üblichen Fragen beantworten. Wieso er alleine unterwegs war, ob er eine kennengelernt habe, ob er untreu werden will und solches eben. Er konnte glaubhaft beruhigen und erzählte von dem Verlauf des Abends und erklärte nochmals, dass er nicht widerstehen konnte, den Palle wieder vor Augen zu bekommen.

Palle holte Jögen an einem Samstag ab. Er fuhr mit einem Porsche vor. Nach einer schnellen Tasse Kaffee im Stehen in der Küche ging es los. „Den mag ich nicht, halte dich von dem fern", sagte Jögens Frau ihm leise ins Ohr, als er sich mit einer Umarmung und einem Küsschen von ihr verabschiedete. Nach einer eineinhalbstündigen Fahrt über die Autobahn und etlichen Straßenführungen durch ein bewaldetes Gebiet erreichten sie das Heim. „Wenn wir Jonni treffen, soll ich dich vorstellen oder machst du das selbst?", fragte Jögen. Überraschend kam von Palle, dass er nicht mit hineingehen werde, er werde sich die Beine vertreten, etwas die Gegend ansehen und auf ihn warten.

Als Jögen an die Rezeption der Einrichtung kam, wurde er von einer jungen Frau, die im Rollstuhl hinter dem flachen Empfangstisch saß, freundlich begrüßt. Bei ihr waren noch zwei weitere Frauen, die wohl noch jünger waren, auch in Rollstühlen saßen. Die beiden wurden noch kurz vor Jögens Begrüßung von der am Empfang zuständigen Frau gemaßregelt, nicht so albern zu sein. Das war deutlich zu hören. Sehr hübsche junge Damen waren das, gut angezogen, aber herzzerreißend verkrüppelt und Jögen dachte daran, was die ohne Behinderung für ein Leben haben könnten, mit Mann und Familie, mit Kindern, mit Tanz und Vergnügen. „Ich möchte zu Jonathan Jesse, ich bin ein Freund von ihm", sagte Jögen und fragte, ob er eine Anmeldung für den Besuch hätte auf den Weg bringen müssen. „Wozu das denn?", kam die Antwort.

„Moment, ich sehe mal nach, Zimmer 6, das ist gleich hier, bitte den Flur entlang, dann hinten links, die Nummer steht dran, dort finden Sie Jonni", ergänzte sie dann routiniert.
Jögen klopfte an. Ein junger Mann öffnete die Türe.
„Sie wollen zu Jonni?", fragte er und schob gleich nach, dass der momentan in einer Anwendung sei, er werde gerade massiert. Gerne könne Jögen hier in seinem Zimmer auf ihn warten, es werde nur noch eben die Liege gemacht und das Geschirr abgeräumt. Jonni freue sich sicherlich über Besuch, bekäme er ja selten, bemerkte der junge Mann, der sich dann auch als Zivildienstleistender vorstellte, bevor er das Zimmer verließ. Jögen sah sich um. Das Zimmer war nett eingerichtet. Ein halboffener Kleiderschrank, wie einer im Hotel, zeigte verschiedene Jacken. Über der Liege, die mit einer Tagesdecke abgedeckt war und wohl gleichzeitig das Bett war, hing an einem Deckenhaken der hölzerne Dreiangelgriff an einem zweiteiligen Seil mit noch einem extra angebrachten Karabinerhaken in der Mitte. Über dem Sessel und dem Stuhl am Schreibtisch waren auch jeweils Seile mit halber Länge an Deckenhaken angebracht und auch über dem größeren, aus einer Nische in das Zimmer ragende Waschbecken. Die Wände hingen voller Bilder. Es waren schöne Bilder. Aquarelle. Originale. Das war gleich zu sehen. Aber Motive von Tauben fehlten. Es waren alles Bilder von Landschaften und Bauten. Der Schreibtisch war voller Schnellhefter, die mit Vornamen von Personen beschriftet waren. Schreibutensilien, Telefon, alles da. Jögen durchfuhr

ein Schauer. Auf dem Schreibtisch entdeckte er einen mit Notizen vollgeschriebenen Block und den Zimmermannsbleistift, mit einem Messer scharf gespitzt, aber nur noch als Stummel. Er setzte sich dann in den Sessel ohne sich anzulehnen und wartete, etwas nervös. Dann hörte er zunächst ein nur kurzes Schließgeräusch und Jonni rollte sich langsam im Trainingsanzug mit einem Handtuch und einer Badetasche auf auf dem Schoß ins Zimmer.
„Ich habe schon gehört, dass ich Besuch habe, dachte nicht, dass du in meinem Zimmer bist, du bist Jögen", sagte Jonni.
„Ja, ich bin´s. Motz hat mir erzählt, dass du hier bist, hat mir alles erzählt", begrüßte ihn Jögen und streckte ihm die Hand entgegen. Sie sprachen gleich davon, wie viele Jahre doch vergangen seien. „Ich habe noch ein Bett im Gemeinschaftsraum, gleich neben der Küche, wir gehen dahin, du kannst mich ja schieben, woll, nehme mal die Schnabeltasse mit, da ist noch Tee drin oder gib se mir, ich kann se halten", wies er in seiner gewohnten Stimmlage an. Als sie in den Gemeinschaftsraum kamen, war der voll mit Schwerstbehinderten, die auf die Liegen verteilt da lagen oder in Rollstühlen saßen. Frauen und Männer gemischt. Der junge Zivilbedienstete kümmerte sich der Reihe nach um alle und wenn einer von denen das Bett mit dem Rollstuhl tauschen musste oder umgekehrt, geschah das auch unter Zuhilfenahme eines Flaschenzuges, der auf weit ausgelegten Rollenstreben seinen stabilen Halt fand. Die Menschen hingen dann in den Lederschürzen an den Ketten. Die teilweise sehr verkrüppel-

ten und zusammengesackten Wesen waren dem Geschehen hilflos ausgesetzt und als einzige Regung konnte beobachtet werden, dass sie ihre Hände tastend nach unten bewegten, um die Auflage zu spüren, auf die sie jeden Moment aufgesetzt würden. Jonni wurde auf sein Bett gelegt, Jögen rückte sich den Stuhl neben ihm zurecht. Viele von denen lächelten Jögen an. Er nickte dann, lächelte freundschaftlich zurück. Jetzt war er in ihrer Welt und stellte eine gewisse Disziplin und auch Aufgeschlossenheit fest. Dann lief einiges sehr lebendig ab. Jonni wollte von dem Pfleger seine Tasse gefüllt haben, was sofort geschah, die Küche war nebenan und einsehbar. Er müsse viel trinken, erklärte er, eigentlich ununterbrochen. Dann gebot er dem Pfleger mit Blick auf den Regalaufbau mit Fernseher und Rekordern neben der geöffneten Terrassentür vor dem Panoramafenster, eine reinzuschieben, „Wir wollen eine sehen". Der Pfleger schob eine Videokassette in den Rekorder und drückte den Startknopf. Alle im Zimmer blickten nun auf den Fernsehbildschirm. Es wurde ein Pornofilm abgespielt, Hardcore, dem auch in Nahaufnahmen alles zu entnehmen war. Jonni sah anfänglich wie gebannt hin, dann nur noch gelegentlich. „Den kenne ich schon, wir können uns unterhalten", sagte er zu Jögen. Wenn es um Pornofilme ging, so Jögens Erfahrung, spielte immer eine gewisse Verlegenheit mit. Hier in dem Raum war davon nichts zu spüren. Es war nichts sensationell, der Film hätte auch ein Dokumentarfilm oder ein Beitrag aus dem Nachmittagsprogramm eines der Fernsehsender sein können.

„Jonni, tut mir leid. Scheiße, was mit dir passiert ist. Ich hoffe, du kommst trotzdem irgendwie klar", sagte Jögen und erzählte von welchen, die er kannte, die auch schwere Krankheiten auszuhalten hatten, wohl als ein Trost gedacht. Dann fragte Jonni den Pfleger, der sich ab und zu in dem Raum sehen ließ, wer denn der sei, der da auf der Terrasse sitze. Palle war durch das Fenster mit dem Rücken zum Raum zu sehen. Er saß mit dem Stuhl an einem Tisch und rauchte. Erst jetzt fiel er Jögen auch auf. „Der ist mit mir gekommen", klärte er schnell auf, und mit Blick zu Jonni sagte er, dass das ein Bekannter sei, der ihn gefahren habe und dort auf ihn warte. „Kann dem mal eine Tasse Kaffee oder so gebracht werden, *woll*?", sprach Jonni den Pfleger an. Ja, es konnte, der Pfleger kümmerte sich sofort und Palle hob dann als Dank einen Arm mit kurzem Blick durch das Fenster in den Gemeinschaftsraum, weil er sich dachte, dass von dort aus die Aufmerksamkeit geordert worden war. Jemanden richtig durch das Fenster sehen, konnte er nicht, es war draußen zu hell und innen dunkler, weil keine Beleuchtung eingeschaltet war. Jonni knüpfte an Jögens Frage an, ob er trotz allem klar käme. „Wenn ich das alles vorher gewusst hätte, was mir passieren würde, ich hätte mir auf den Bauch geschissen, *woll*", sagte er wörtlich und erzählte dann, wie es war, als er erwachte. Die Ärzte hätten ihn schon untersucht und ihm dann die Wahrheit gesagt. Er sei ab Hüfte

abwärts gelähmt. Ein Pfaffe habe auch an seinem Bett gesessen. *„Watt wustdu hier?"*, habe er den gefragt und als der von der Heiligen Kommunion sprach, habe er ihm nur gesagt, dass er nicht den Leib des Herrn essen werde und er solle sich verpissen, was der dann auch sofort getan habe.
„Eben habe ich gesehen, dass sich deine Beine bewegten", sagte Jögen. Ihm wurde dann von Jonni erklärt, dass das nur Spasmen seien, Reflexe, die keine Bedeutung hätten, da unten sei nichts mehr, alles sei kalt, alles sei taub, alles sei steif. Nicht jeder Frau oder jedem Mann ginge das hier so, aber unter dem Strich sei alles für alle irgendwie gleich.

„Jögen, ich bin müde, das geht immer schnell, wir haben hier alle nicht lange Kraft, *woll*, wir leben auch nicht so lange, bei mir soll so bei vierzig *Indischen* sein, ich bleibe hier noch liegen, kannst du alleine raus?", sagte er.

„Klar, Jonni, soll ich wiederkommen?", fragte Jögen.
„Ja, komm wieder, woll, wir sind ja von *ner selben Ecke, woll, lässt keiner einen in Stich, woll*, können dann wohin, da ein Steak reinziehen, *woll*."

Jögen ging um das Gebäude herum auf die Terrasse zu Palle. Als der die leere Tasse hochnahm, um sie vielleicht irgendwo an Ort und Stelle zu bringen, kam schon der Pfleger auf ihn zu und nahm sie ihm ab. Der geleitete beide dann in Richtung Parkplatz. Etwas entfernt, noch auf dem Gartengelände, fiel Jögen eine überdimensionierte Voliere auf, voll mit Vögeln aller Art, die sich zwischen dem darin eingepflanzten Bewuchs auf den Ästen und Zweigen hin und her bewegten. „Jonnis Werk, hat er hier bei der Heimleitung durchgesetzt", sagte er und zeigte dann auf einen hölzernen Aufbau auf dem Dach des Gebäudes, auf einen richtigen kleinen Turm und erklärte, „Sein Taubenschlag, Brieftauben, aber wir müssen uns da oben kümmern, er kann da selbst nicht hin." Jögen hatte das Jonni nicht unbedingt zugetraut, so was zuwege zu bringen, und war noch erstaunter, als er von dem Pfleger hörte, dass Jonni viel am Schreibtisch sitze und sich um Probleme der anderen kümmere. Besonders, wenn es sich um Neuzugänge, meistens nach einem Unfall, handele, trete er in Aktion. Es werde ihnen erklärt, dass die Unfallversicherungen den Unfallopfern in der Regel Angebote machten, die mit hohen Beträgen, manchmal bis zu einer Million beziffert seien. Dann würde Jonni die armen Teufel beraten und denen auch dringend abraten, ein solches Angebot vorschnell anzunehmen und zu unterschreiben. Er rechne denen vor, wie lang ihr Leben noch sein könnte und was es kosten würde, wenn sie wieder in das private Leben zurückkehren wollten, nach eventuellen behindertengerechten Umbauten ihrer Wohnungen oder Häuser und ohne besonderes Einkommen durch Arbeit oder Beruf und wohl auch noch mit der Zuständigkeit für die Versorgung ihrer Familien. Jögen war platt. Auch Palle bekam ein gewisses Feeling für diesen Behinderten. Auf der Rückfahrt wurde wenig gesprochen. Es fand nur ein punktueller Informationsaustausch statt. Paulerhohn sei elendig krepiert. Krebs.

Kein Wort, keine Frage zu seiner Zeit nach seiner Verhaftung. Nichts zu den Kalkbrüchen, nichts zum weiteren Ausgang der Sache für Palle. Es war wie die Erfüllung eines ungeschriebenen Gesetzes, dieses Thema nicht zu berühren. Jögen suchte noch öfters das No Name auf. Nicht extra wegen Palle. Die Atmosphäre dort und besonders die Musik gefielen ihm. Palle war ohnehin nicht immer anwesend oder hatte stets viel zu tun. Aufsicht und Kasse hinter dem Tresen, sich um Gäste kümmern und viel telefonieren. Kam es zu kurzen Kontakten, wurde Jögen die eine oder andere Frau vorgestellt, aber er verhielt sich zurückhaltend, ließ sich nicht verkuppeln. Er war ja in festen Händen. Palle schien dann immer etwas organisieren, etwas klarmachen zu wollen und verstand nicht recht, dass Jögen nicht darauf ansprang.

Eines Abends wunderte sich Jögen über den leergefegten Parkplatz. Das Gelände und auch das No Name lagen im Dunkeln. Frustriert sah er, dass der Nobelschuppen ausgebrannt war, weg, bis auf die Grundmauern zerstört. Der Brandgeruch stieg noch in die Nase. Der rote Hahn hat gekräht, Versicherungsbetrug, dachte Jögen, das wäre ihm wohl zuzutrauen, wer weiß, warum. Am Polterabend, zu dem Jögen von Palle eingeladen war und dazu die Anfahrt weit nach auswärts auf sich genommen hatte, sprach er Palle daraufhin an.
„Ja, shit happens", war sein einziger Kommentar, sonst kam nichts mehr dazu. Es wurde auf einer vom Haus weg gelegenen Terrasse unter Bäumen und einem offenem Zelt ge-

poltert. Jögen war sich selbst überlassen. Weder ein Händeschütteln mit der Braut noch sonst wem wurde ihm zuteil. So saß er alleine auf einem Mäuerchen am Rande des Geschehens, rauchte und nuckelte an seinem Drink. Nur einmal stand Palle neben ihm, als er darauf hinwies, dass sein zukünftiger Schwiegervater gleich etwas a capella singen werde. Erst jetzt entdeckte Jögen auf dem riesigen Gelände mit viel natürlichem Bewuchs ein abschüssig gelegenes Gewässer, vielleicht einen Tümpel oder einen künstlich angelegten Teich. Auf einem Steg oder einer kleinen Brücke, es war nicht genau zu erkennen, stand nun der Mann und sang in ein Mikrofon. Über zwei große Lautsprecherboxen war dann sein Beitrag zu hören:

„Es steht ein Soldat am Wolgastrand, Hält Wache für sein Vaterland, In dunkler Nacht allein und fern …"

Durchaus ein Bruch in der allgemeinen Atmosphäre ausgelassener Betriebsamkeit, aber schön, empfand Jögen. Er wunderte sich, dass Palle, dieser Playboy, feuchte Augen bekam und selbst steif und gerade wie ein Soldat das Ende des Liedes abwartete. Die anwesenden Gäste gingen mit Palle ausnahmslos in Richtung des Sängers, um zu applaudieren, um zur gelungenen Darbietung zu gratulieren. Die selten wahrzunehmende Braut stand bereits beim Vater, der seinen Arm um sie legte. Jögen nutzte die Ablenkung aller und verließ das Gelände, ohne sich auch nur von jemandem zu verabschieden, auch von Palle nicht. Es blieb ihm das Bild von Palle erhalten, dass der dynamisch, forsch und agil sein konnte, dann doch mehr nachdenklich, nahezu zurückhaltend gegenüber allem Geschehen um sich herum. Er hat Palle nicht mehr wiedergetroffen. Irgendwann gab es noch einmal einen Gedanken daran, Kontakt mit ihm aufzunehmen. Aber den setzte er nicht um, so wichtig war ihm Palle nicht.

Monate später besuchte Jögen den Jonni im Gutkastel-Stift. Als Geschenk brachte er ihm einen riesigen Sack Vogelfutter mit, den er auf dem Weg dahin von einem Landhandel erworben hatte. Sie saßen beide auf der Terrasse vor dem Gemeinschaftsraum. Von Steak reinziehen gehen war nicht mehr die Rede, beide hatten ihr letztes Vorhaben wohl vergessen oder kamen nicht mehr drauf. Außerdem war Mittag gerade vorbei und es hatte im Heim schon Essen gegeben. Jonni hatte im Rollstuhl seinen Block auf dem Schoß. Der war auf mehreren Seiten beschrieben. Dicke Bleistiftnotizen standen drauf.

„Jögen, ich habe Fragen an dich aufgeschrieben, *woll*, hier nimm, kannst lesen, *woll*, kannst was dazu sagen, *woll*, mach mal…", sagte Jonni, dabei schwächelte er und seine Stimme klang brüchig. „Ja, mach ich", sagte Jögen, nahm den Block auf und ging mit dem Zeigefinger Zeile für Zeile durch, die er als Frage erkannte und die er beantwortete:

„Motz ist verheiratet, Kinder und so, dem geht es gut, trägt aber noch immer hässliche Trapper. Wegen der Sache mit dem Tod der Frau ist dem nichts mehr passiert. Die

Bahnhäuser sind weg. Da stehen jetzt moderne Häuser. Die Leute sind alle weg. Schmuddelflunke säuft. Der wurde auch von Olli rausgeschmissen. Olli sieht übrigens aus, wie sein Alter ausgesehen hat. Piepse ist Möbelpacker. Auch wohl verheiratet. Mehr weiß ich nicht. Popp? Keine Ahnung. Hanno hat das Versicherungsbüro von seinem Vater übernommen. Das ist aber nicht mehr da, wo es vorher war. Mit dem Palle hatte ich hier noch zufällig Kontakt gehabt. Der ist wohl jetzt in einer anderen Gegend. Wo, weiß ich nicht. Der ist nach wie vor mit Vorsicht zu genießen, meine ich. Aber egal, weg ist weg. Kalkbrüche? Da soll alles verschwunden sein. Auf dem Gelände werden meines Wissens jetzt die ganzen Stadtbusse gewaschen und gewartet und so, auch Winterfahrzeuge der Stadt und so sind da abgestellt. Das Gelände samt Gebäude wurde in eine neue Gesellschaft überführt. Hälfte Stadt, Hälfte Kiesgrubengesellschaft. Das ist über eine harte Patronatserklärung gelaufen. Aber da wird sich, wie ich weiß, heute noch wegen der Finanzen gekloppt. Interessiert aber keinen Menschen mehr."

Jögen verschwieg dem Jonni, dass bei seinem ersten Besuch sein Fahrer Palle war.

„Wie geht es denn deinen Brüdern, die sind ja damals auch angeschissen gewesen, und vor allem deinen Eltern?", war nun die Frage von Jögen an Jonni, die er etwas stockend beantwortet bekam. Ihm schien es wirklich nicht gut zu gehen. „Meine Alten sind tot, *woll*, schon lange. Barni ist verheiratet. Der ist Fernfahrer bei einer Spedition in Dortmund.

Macht viel Touren in den Ostblock, Russland und so, *woll*. Kuddel *is in Fabrik*, *woll*, Ford in Köln, hat auch Familie, Franz wohnt noch im Haus, *woll*, sucht wieder Arbeit, *kommt öfters hier*, *woll*. Ich habe damals allen viel Geld gegeben, *woll*, sollten ja klarkommen, nach dem Beschiss durch die von dem Palle oder dem da selbst, *woll*."

„Du hattest so viel übrig?", fragte Jögen etwas irritiert.

„Ja, zig tausend Märker", lächelte Jonni „hatte mich bedient, *woll*, war in dem Mansardenzimmer von diesem Palle, *woll*, habe da den Stapel Scheine gefunden, gleich mitgenommen, *woll*."

Jögen zeigte sich freudig überrascht, ja, begeistert. „Was ein Ding. Dich hat keiner erwischt? Keiner gesehen?", hakte er nach. „Wenn ich im Kirchturm die Glocken läuten konnte, *woll*, konnte ich ja wohl auch da in die Mansarde, *woll*, kannte mich ja da gut aus, Bodo hatte da ja auch mal ein Zimmer, *woll*, der *is übrigens voll Zimmermann*, viel auf Montage, weißte, verdient *gut Moos*." Dann erzählte Jonni, dass es in Russland einen Professor gebe, der bald Querschnittsgelähmte mit Operationen wieder heilen könne, wobei aber die Chance, dass alles noch schlimmer werden könne, bei fünfzig Prozent liege, es könne sogar auch im schlimmsten Fall den Tod bedeuten. Wenn der soweit sei, werde er sich operieren lassen, das sei für ihn klar. Jögen hatte das noch nie gehört, hielt diese Information auch mehr für einen kolportierten Hoffnungsschimmer der Gelähmten in Pflegeheimen. Er sprach das nicht aus, sagte nur, dass er das auch wohl riskieren würde, wenn er betroffen wäre.

Dann machte er Jonni ein anerkennendes, ehrliches Kompliment und brachte seine Bewunderung damit zum Ausdruck: „Toll, was du hier geschaffen hast, du hast ja Ahnung wie ein Ornithologe und auch, was du deinen Leuten hier bietest, um sie gegen hinterlistige Versicherungen zu schützen, wirklich, alle Achtung." „Ja, *woll*, ja", sagte Jonni. Er schloss dann sogleich eine Frage an: „Für einen Klippschüler nicht schlecht, *woll*?"

Er bat Jögen, mit ihm in sein Zimmer zu kommen. Er wolle ihm noch was zeigen. Dann stand Jögen vor der Bilderwand, die er bereits kannte. Etliche neue Bilder waren hinzugekommen. Durch die offengebliebene Zimmertür kam mit seinem elektrisch angetriebenen Rollstuhl ein sehr gut aussehender junger Mann im Alter von höchstens fünfundzwanzig Jahren herein. Er steuerte seinen Rollstuhl mit der Zunge auf einer vor seinem Gesicht angebrachten Tastatur. „Das ist der Maler, *woll*, der malt mit dem Mund, *woll*, ist drei Jahre hier, Unfall", sagte Jonni, „die Bilder verkaufe ich für ihn, *kannste ja eins deiner Kwinn mitbringen.*" Jögen nahm behutsam ein Bild, das ihm besonders gefiel, von der Wand und legte das Fünffache des verlangten Preises auf den Tisch.

„Jögen, ich bin müde, ich bringe dich noch raus", sagte Jonni dann leise. Der gelähmte Künstler, der Kumpel von

Jonni in diesem Heim, lächelte freundlich mit Blick auf das Geld und er schien das Interesse an seiner Kunst zu genießen. Er fuhr mit seinem Rollstuhl zur Seite, machte die Türe frei.

Das Bild hängt heute in Jögens Arbeitszimmer. Es bildet den Taubenschlag auf dem Dach ab, mit Himmel, Wolken und etwas Sonne.

Glossar

Anschlami
Anschlag für mich
Arschlage
Prügel, Schläge
Baba
nach Chris Barber, Bandleader
in der Jazzmusik, eine Leitungsfunktion
ausüben, Boss sein
Biebs
Belegte und zusammengedrückte
Brötchenhälfte
Bunke
ungehobelte Person
Bürospritze
Angestellter im Büro
bürsten, gebürstet
begatten, gevögelt
Buttekloppen
vor die Schienbeine treten
döppen
im Sinne von spalten, aufbrechen
Eisenstift
Schlosserlehrling
Ewiges Licht
immerwährendes Lichtsymbol Gottes

Flunken
Fuß, Füße
Fuchs
Fünfzigpfennigstück
gekufft, genatzt
über den Tisch gezogen
Glaser
teurere Glasmurmeln
genagelt
gevögel
geschrappt
ausgekratzt, entnommen
Gestritzter
aus einem Zapfhahn abgefüllter Schnaps
Heiermann
Fünfmarkstück
Heldengedenktag
Totensonntag
Hobel
Motorrad, Moped
Hocken
(Rock n Roll) tanzen
Holzwurm
Schreiner
Indischen
Fehlanzeige, Ende für etwas
Kanne

Flasche
Kittel
Uniformierter
Klippschüler ✓
Hilfs- oder Sonderschüler
Knicker *Bocka*
Kleine, farbige und billige Gipsmurmeln
Knickerpötte
kleine Erdlöcher für Murmelspiele
knirsch ✓
mit flachem Zwischenraum
Kopsibolter *Kabolz*
Rolle vorwärts
Köpper
Kopfsprung
Koten
ein Kind, Kinder
Krotzen
Kinder
Kwinn
Königin oder Mannequin
Lulle
Zigarette
Matte
lange Haare
muckeln
arbeiten

Nase
Blödmann, Idiot
Nylonhexe
Mädchen auf dem Sozius
Pannenkacker
Tauben
pappen geblieben
Klassenziel nicht erreicht
päsen
rennen, beeilen
Paste
Frisiercreme
Patte
Geld
Pättken
Pfad, schmaler Weg
Pille
Ball
pillern, bepillern
heimlich beobachten
Pinneklau
Spiel mit am Band aufgewickelten Kreiseln, bei dem versucht wird, den Kreisel eines anderen Spielers zu „döppen", mit der Spitze so aufzusetzen, dass der in zwei Hälften gespalten wird

Poofe
Bett
Puste
Zigarette
Puzzi
Spezielles Stockspiel, bei dem der Spieler mit einem langen Holzstiel, das quer auf einer Bodenritze liegende Puzzi, ein doppelt angespitztes kurzes Holzstück, in Richtung der Fänger wegschleudert. Wird das Puzzi nicht gefangen, lässt der Spieler es durch Schlagen auf eines der Enden in die Höhe schnellen, um es auf dem Stock tanzen zu lassen und es dann noch weiter wegzuschlagen. Es werden für die jeweiligen Spielteilnehmer Punkte nach Multiplikation der erzielten Entfernung des Puzzis in Schrittlänge von der Bodenritze aus gemessen und der Anzahl der Schlagberührungen vergeben. Nur der, der den Puzzi fangen konnte, beginnt ein neues Spiel. Auch bei einem Fehlschlag wechseln die Spieler
Quarktaschen
Brüste
Rakete

Zäpfchen, Verhütungsmittel
Santan Enne
beachtenswert
Sapi Enne
beachtenswert
schau
attraktiv, super, toll
Schließer
Gefängniswärter
Schwatte
Schwarze Taube
stempeln
Arbeitslosengeld beziehen
Stift
Lehrling, Auszubildender
Strippenzieher
Elektriker
Tacken
Zehnpfennigstück
Törn
Unterwegs sein,
um die Häuser ziehen
Torte
Mädchen, Frau
Trapper
Schuhe, Stiefel
Tschako

Polizist
verkloppen
verkaufen
Watt n Tööt
was für ein Quatsch, Mist
Winsel
Kleiner, schwacher Mann
woll
Dialekt-Partikel
Wulle
Pinkeln
Zwirn
Kleidungsstück, Garderobe

Schniedel

Straßenspiele

Hopse, Versteck, Völkerball

Murmeln; frisches wie tief (trübes nübe)

Fußball,